Пари

契诃夫小说选集

打赌集

〔俄〕契诃夫 著

汝龙 译

人民文学出版社

图书在版编目（CIP）数据

契诃夫小说选集. 打赌集/（俄罗斯）契诃夫著；汝龙译. —北京：人民文学出版社，2021
ISBN 978-7-02-012934-8

Ⅰ.①契… Ⅱ.①契…②汝… Ⅲ.①短篇小说—小说集—俄罗斯—近代 Ⅳ.①I512.44

中国版本图书馆CIP数据核字（2017）第135225号

策划编辑　张福生
责任编辑　李丹丹
装帧设计　刘　静
责任印制　王重艺

出版发行　人民文学出版社
社　　址　北京市朝内大街166号
邮政编码　100705
网　　址　http://www.rw-cn.com

印　　刷　三河市博文印刷有限公司
经　　销　全国新华书店等

字　　数　94千字
开　　本　787毫米×1092毫米　1/32
印　　张　7.75
印　　数　1—3000
版　　次　2021年4月北京第1版
印　　次　2021年4月第1次印刷
书　　号　978-7-02-012934-8
定　　价　31.00元

如有印装质量问题，请与本社图书销售中心调换。电话：010-65233595

目　　次

噩梦 …………………………… 1

打赌 …………………………… 30

问题 …………………………… 45

不幸 …………………………… 60

头等客车乘客 ………………… 88

艺术品 ………………………… 103

哥萨克 ………………………… 112

信 ……………………………… 124

小人物 ………………………… 149

怕 ……………………………… 157

安灵祭 ………………………… 170

在车棚里 ………………………………… 182

关于契诃夫的小说 ………………… 汝龙 195
契诃夫的爱国主义思想 …………… 汝龙 230

噩 梦

政府机关农业常任委员库宁是个三十岁左右的青年人。他从彼得堡回到他的庄园包利索沃村后,头一件事就是派仆人骑马到辛科沃村去,把那儿的教士亚科甫·斯米尔诺夫神甫请来。

大约过了五个小时,亚科甫神甫来了。

"跟您相识很高兴!"库宁在门厅迎接他说,"我在此地生活和工作已经有一年之久,现在我们似乎也该认识一下了。欢迎欢迎! 不过,说真的……您多么年轻啊!"库宁惊讶地说,"您多大年纪?"

"二十八岁,先生……"亚科甫神甫说,轻轻握一下向他伸过来的手,不知什么缘故脸红了。

库宁带着客人走进书房,开始打量他。

"多么粗俗的脸,像个村妇似的!"他暗想。

确实,亚科甫神甫的脸带着很多的"女人气",例如那翘起的鼻子,绯红的脸颊,蓝灰色的大眼睛和稀疏得几乎看不见的眉毛。他那棕红色长头发枯干而平顺,垂在两肩像笔直的棍子似的。他的唇髭刚刚开始变成真正的男性唇髭。他的胡子长得不像样子,不知什么缘故,宗教学校的学生称之为"搔痒器":稀稀拉拉,明显地露出脸上的皮肉,用手是摩挲不平的,用梳子也理不顺,或许只好拔掉了事。……这一撮寥寥可数的胡子生得不平整,纠结成一个个小团,倒好像亚科甫有意乔装成教士,正把胡子粘到脸上去,不料半中腰让人截断了似的。他身上穿着圣衣,是那种掺了菊苣的淡咖啡的颜色,两个胳膊肘都有大块的补丁。

"奇怪的家伙……"库宁瞧着他那溅了泥浆的衣

襟,暗想,"他头一次到外人家里来,却不肯穿得体面一点。"

"请坐,神甫,"他把圈椅移到桌子跟前,开口说,口气与其说是亲切,不如说是随便,"您坐吧,请!"

亚科甫神甫对着自己的空拳头咳嗽一声,在圈椅边沿上笨拙地坐下,把手心放在膝盖上。他身材矮,胸脯窄,脸上冒汗而发红,这从一开头起就给库宁留下极不愉快的印象。以前库宁再也没想到过俄国会有外貌如此猥琐可怜的教士。亚科甫神甫的神态,他把手心放在膝盖上的样子,他坐在椅边上的姿势,都可以看出他缺乏尊严,甚至带着奴颜婢膝的味道。

"神甫,我约您来是要谈一件正事……"库宁往椅背上一靠,说,"有一种愉快的责任落到我身上,要我帮助您,做好您的一件有益的工作。……事情是这样,我从彼得堡回来后,发现桌上有首席贵族写来的一封信。叶果尔·德米特利耶维奇讲起你们辛科沃村就要开办一所教区学校,要我承担照管那所学校的任务。

我呢,神甫,很高兴,满心的高兴。……甚至还不止于此,我热诚地接受了这个建议!"

库宁站起来,在书房里走来走去。

"当然,不仅叶果尔·德米特利耶维奇知道,大概您也知道,我手头没有大笔的款项。我的庄园已经抵押出去,我如今全靠常任委员的薪金生活。因此,您不能指望我提供很大的资助,不过凡是我力所能及的,我都会去做。……那么,神甫,您认为那所学校应该什么时候开办呢?"

"应该在有了钱的时候……"亚科甫神甫回答说。

"现在您总已经弄到一点钱了吧?"

"几乎一点也没有,先生。……农民们在村会上通过决议,每个男丁每年交三十戈比,不过要知道,这只是一句诺言罢了!第一批设备费至少也要两百卢布。……"

"嗯,是啊。……可惜我现在没有这么一笔钱……"库宁叹道,"我这次旅行把钱全花光了,甚至……欠下了债。那我们来共同想想办法吧。"

库宁就把他的设想讲出来。他述说他的考虑,同时盯住亚科甫神甫的脸,想在他脸上找到赞许和同意的迹象。可是那张脸冷冰冰的,神色呆板,除了腼腆的胆怯和不安外,什么表情也没有。谁瞧着他那种神态,都会以为库宁所讲的话过于深奥,亚科甫神甫听不懂,只是出于礼貌才在听,同时却生怕人家看穿他听不懂似的。

"看得出来,这家伙不怎么聪明……"库宁想,"胆小得不得了,而且有点呆头呆脑。"

一直到听差走进书房,端着托盘,送来两大杯茶和一盘小甜面包,亚科甫神甫才略微振作起来,甚至微微一笑。他接过他的杯子,立刻喝起来。

"我们是不是写封信给主教大人?"库宁继续讲他的考虑,"要知道,认真说来,提出开办教区学校问题的不是地方自治局,不是我们,而是高级的教会人士。他们,说实在的,应该指出资金的来源才对。我记得我在什么地方读到过为这项开支已经拨出一笔经费了。您一点也不知道吗?"

亚科甫神甫正在专心喝茶,没有立刻回答这句问话。他抬起蓝灰色的眼睛瞧着库宁,沉吟一下,仿佛想起了他问的话,就否定地摇了摇头。他那张不好看的脸上,从这只耳朵到那只耳朵,洋溢着满足的神情,露出极其庸俗的贪吃样子。他喝着,每喝一口都觉得其味无穷。他把茶喝得一滴不剩,把杯子放在桌上,后来又拿过杯子来,仔细看看杯底,再放回去。那种满足神情在他脸上消失了。……后来库宁看见他的客人从盘子里拿过一个小甜面包,吃了一小块,把它抓在手里翻来覆去地转动一阵,接着就很快把它塞进口袋里去了。

"嘿,这可完全不合乎教士的体统!"库宁暗想,厌恶地耸起肩膀,"这是怎么回事:是教士的贪心呢,还是孩子气的举动?"

库宁请客人再喝了一大杯茶,送他到门厅去后,就在沙发上躺下,亚科甫神甫的来访惹得他一肚子不痛快。

"多么奇怪的野蛮人!"他想,"肮脏,邋遢,粗俗,蠢笨,而且一定是个酒鬼。……我的上帝啊,这也叫作教士,精神的父亲!这就是老百姓的教师!我可以想象助祭每次做祷告前对着他高喊'祝福吧,人间的主宰!'的时候,助祭的声调里一定含着多少讽刺的意味!好一个人间的主宰!这个人间的主宰连一丁点尊严也没有,又缺乏教养,把面包藏在口袋里像小学生似的。……呸!上帝啊,主教的眼睛上哪儿去了,怎么让这么个人担任圣职?他们派这样的人来做教师,那把人民看成什么人了?这儿需要的人是那种……"

库宁开始沉思俄国的教士应当是什么样子的人。……

"比方说,如果我来做教士……一个有教养而又热爱自己工作的教士能够做出很多事情。……换了我,学校早就办起来了。布道词吗?如果一个教士真心诚意,被自己对事业的热爱鼓舞着,那他就能讲出多么美妙动听的布道词啊!"

库宁就闭上眼睛,心里编出一篇布道词。过了一会儿他在桌旁坐下,很快把它写下来。

"我把它送给那个红头发的家伙,让他拿到教堂里去念一遍……"他想。

下一个星期日早晨,库宁坐车到辛科沃村去解决学校问题,顺便看一看教堂,他自己就是那个教区的教民。尽管道路泥泞,那天早晨却天气晴和。太阳明亮地照耀着,阳光照透了这儿那儿一片片残留的白雪。白雪在同大地告别,光芒四射好比钻石,看上去刺痛眼睛,在白雪旁边,冬麦的幼苗在迅速地长出来,一片碧绿。白嘴鸦在大地的上空庄严地飞翔。有一只白嘴鸦飞着降到地面上,向前跳了几下才站稳。……

库宁坐着马车来到那个用木头建造的教堂,那教堂破旧而灰色。教堂门廊上的小柱子原是涂过白漆的,如今白漆已经完全脱落,像是两根难看的车杠。门口上方原有一个圣像,现在看上去却成了完全乌黑的斑点。然而这种贫困的光景触动了库宁的心,使他深受感动。他谦虚地低下眼睛,走进教堂,在门旁站住。祷告才刚刚开始。一个年老的诵经士,脊背弯得像车轭,正用低沉含混的男高音诵读祷词。亚科甫神甫独自主持祷告,没有助祭协助,他自己在教堂里走来走去,摇着手提香炉。要不是库宁走进这个赤贫的教堂里的时候心里充满谦逊的感情,那他见到亚科甫神甫是一定会笑的。他看见那个矮小的教士穿着一件揉皱的、特别长的旧黄布圣衣,圣衣的下摆在地上拖来拖去。

教堂里没有站满人。库宁看一下这个教区的教民,他乍一看就为一种古怪的现象暗暗吃惊:他只看见些老人和孩子。……那些到了干活年龄的人都到哪儿去了?那些青年人和壮年人都到哪儿去了?然而他略微站了一会儿,定睛细看那些苍老的脸,这才瞧出他错把青年看成老人了。然而他对眼睛的这种小小的错觉却没有在意。

教堂里边也破旧,灰色,跟外边一样。圣障和深棕色的墙壁由于年陈日久而没有一处不是被油烟熏黑,也没有一处不斑驳。窗子倒有很多,可是总的调子是灰色,因而教堂里老是显得昏暗。

"凡是心灵纯洁的人,到这儿来祷告倒挺好……"库宁想,"如同罗马的圣彼得教堂以它的雄伟使人震惊一样,这儿却以谦卑和简朴来感动人。"

不过等到亚科甫神甫进入圣堂,开始做祷告,库宁的虔诚心情就烟消云散了。亚科甫神甫年纪还轻,是从宗教学校直接来做司祭的,他还没来得及形成做礼拜的一套固定方式。他诵读经文的时候,仿佛在选择他该用什么样的嗓音念,是用响亮的男高音呢,还是用微弱的男低音。他跪拜的姿势笨拙,走路太快,推开或者关上圣障中门的时候用力过猛。……年老的诵经士显然有病,而且耳聋,对司祭的呼喊声听不大清,因此难免发生小误会。亚科甫神甫还没来得及念完要念的东西,诵经士却已经唱起来,或者亚科甫神甫早已念完,老人却还向圣堂那边竖起耳朵倾听,没有开口,直到有人扯一下他的衣襟,他才唱起来。老人的声音喑哑,病态,带着喘息,颤抖,发音不清。……诵经士本来就已经唱得不像样子,偏偏还有个很小的男孩,脑袋刚刚高过唱诗席的栏杆,来给他帮腔。男孩用刺耳的儿童最高音唱着,仿佛极力要唱得不合调似的。库宁站着听了一会儿,就走出去吸烟了。他大失所望,几乎带着厌恶的心情瞧那灰色的教堂。

"大家抱怨说,老百姓的宗教感情低落了……"他想,叹口气,"可不是!像这样的教士,他们还应该多派几个来才好呢!"

后来库宁又到教堂里去过三次,每次都急于想走出去呼吸新鲜空气。等到祷告做完,他就到亚科甫神甫家里去。论外表,司祭的房子同农民的茅舍丝毫没有差别,只是房顶上的干草铺得整齐点,窗上挂着白布帘罢了。亚科甫神甫把库宁让进一个明亮的小房间,那儿地上没有铺地板,四壁糊着便宜的纸。房主人费了不小的劲,想布置得美观些,例如挂上有镜框的照片,还挂着一口用一把剪刀权充钟摆的钟,可是这个房间里的陈设仍然异常简陋。瞧着那些家具,人们就可能认为这是亚科甫神甫走遍各家各户,东一件西一件拼凑起来的:某家给他一张三条腿的桌子,另一家给他一个凳子,第三家给他一把椅子,椅背却向后弯得厉害,第四家又给他一把椅子,椅背倒是直的,然而坐的地方却已经凹下去,第五家慷慨得很,给他一个类似长沙发的家具,靠背是平的,坐的地方却有许多破洞,像是筛子。这个类似长沙发的东西涂了深红色的漆,冒出浓重的油漆气味。库宁起初打算在椅子上坐下,可是想了一下,改在凳子上坐下了。

"您这是头一次到我们的教堂里来吧?"亚科甫神甫把帽子挂在难看的大钉子上,问道。

"是的,头一次。您听我说,神甫。……在我们谈正事之前,您给我点茶喝吧,要不然我的整个灵魂都要干枯了。"

打赌集

亚科甫神甫开始眨巴眼睛,嗽一嗽喉咙,走到隔板后面去了。那边响起了窃窃私语声。……

"他大概在跟他妻子讲话……"库宁暗想,"我倒想看一看这个红头发有个什么样的老婆呢。……"

过了不大一会儿,亚科甫神甫从隔板后面走来,涨红了脸,冒着汗,勉强笑一下,在库宁对面那张长沙发的边沿上坐下。

"茶炊马上就烧好。"他说,眼睛没有看着他的客人。

"我的上帝啊,他们到现在还没烧茶炊呢!"库宁暗自想道,大吃一惊,"现在只好干等了!"

"我给您带来一篇信稿,"他说,"这是我写给主教的。等喝过茶以后,我来念一遍。说不定您想补充一些什么话。……"

"好,先生。"

紧跟着是沉默。亚科甫神甫战战兢兢地斜起眼睛看看那块隔板,理一下头发,擤一下鼻子。

"天气很好,先生……"他说。

"是的。顺便提一下,昨天我在报上读到一个有趣的消息。……沃尔斯克的地方自治局通过一项决议,要把所有的学校都交给教会办理。这倒是颇有特色的。"

库宁站起来,在黏土地上走来走去,开始发表他的见解。

"这样做倒不错,"他说,"只要教会里的人能认清自己高尚的使命,清楚地理解自己的任务就行。不幸,我所认识的教士,论文化程度和道德品质,连做军队的文书都不配,更不要说当教士了。您会同意,不好的教师给学校带来的害处远不及坏教士大。"

库宁看一下亚科甫神甫。那一个伛着腰,正专心地想心事,分明没听他的客人讲话。

"亚沙①,到这儿来一下!"从隔板后面传来一个女

---

① 亚科甫的爱称。

人的声音。

亚科甫神甫打了个冷战,走到隔板后面去了。窃窃私语声又开始了。

库宁一心想喝茶,感到难受极了。

"不行,我在这儿休想等到茶喝!"他暗想,看着时钟,"再者,我在这儿似乎是个不大受欢迎的客人。主人不肯开一开金口跟我说句话,光是坐在那儿眨巴眼睛。"

库宁拿起帽子,等亚科甫神甫走回来,就向他告辞。

"这个早晨算是白糟蹋了!"他在路上愤愤地想,"他简直是块木头!树桩!他对学校毫无兴趣,就跟我对去年的雪毫无兴趣一样。不行,我跟他是合不到一起的!我跟他什么事也办不成!要是首席贵族知道这儿的教士是什么样子,他就不会急着张罗学校的事了。应当先物色一个好教士,然后再操心学校的事!"

库宁现在几乎痛恨亚科甫神甫了。这个人,他那可怜又可笑的身材,揉皱的长圣衣,女人气的脸,做祷告的样子,他的生活方式,他那种官场中拘谨而恭顺的态度,都侮辱了库宁胸中残存着的一点点宗教感情,那点宗教感情原是同奶妈的其他神话一起悄悄地隐藏在他心底的。库宁真诚热烈地关心亚科甫神甫的工作,教士自己却显得那么冷淡和不在意,这是库宁的自尊心难以忍受的。……

当天傍晚,库宁久久地在家中几个房间里走来走去,不住思索,后来毅然决然在桌旁坐下,给主教写信。他要求主教拨款,要求他祝福,然后像儿子那样真诚地顺便提出他对辛科沃村教士的看法。"他年轻,"他写道,"没有什么教养,似乎过着不清醒的生活①,而且一般说来,不能满足俄国老百姓若干世纪以来对教士所提出的要求。"库宁写完信,轻松地吐出一口气,上床睡觉,感到他做了一件好事。

---

① 指酗酒。

打 赌 集

星期一早晨,他还躺在床上,仆人就来通报他说,亚科甫神甫来了。他不想起床,就吩咐仆人回答说他不在家。星期二他去出席调解法官会审法庭,星期六才回来,听到仆人说他不在家的时候,亚科甫神甫天天来。

"嘿,他多么喜欢我那些小甜面包啊!"库宁暗想。

星期日将近傍晚,亚科甫神甫来了。这一回不但他的衣襟,就连帽子也溅上了泥浆。他就跟头一次来访一样,脸色通红,冒着汗,也像那回一样在圈椅的边沿上坐下。库宁决定不开口谈学校的事,不对牛弹琴了。

"我,巴威尔·米海洛维奇,给您送来一张教科书的单子……"亚科甫神甫开口说。

"谢谢。"

然而根据种种迹象来看,亚科甫到这儿来不是专为送书单的。他的整个身子流露出极度的困窘,同时脸上又现出果断的神情,就跟一个人突然心血来潮,想出个什么办法似的。他急着想说出一件重大的、极其要紧的事来,目前正极力克制他的胆怯。

"他怎么不说话?"库宁生气地暗想,"他大模大样坐在这儿!我可没有工夫跟他周旋!"

司祭想设法消除他的沉默形成的尴尬局面,掩盖自己内心的斗争,就开始做出勉强的笑容。这种在冒汗和涨红的脸上硬做出来的久久不散的笑容,同他蓝灰色眼睛的呆呆出神的目光很不协调,逼得库宁扭过脸去。他感到憎恶。

"对不起,神甫,我有事要出门……"他说。

亚科甫神甫打了个冷战,就跟带着睡意的人挨了一拳似的。他没有停止微笑,开始慌张地把身上圣衣的衣襟掩好。库宁虽然厌恶这个人,却忽然可怜他了,想缓和一下自己的生硬态度。

"神甫,请下回再来吧……"他说,"不过在临别的时候我要对您提个要求。……喏,您知道,有一天,我来了灵感,写下了这两篇布道词。……我交给您瞧瞧。……要是合用的话,您就拿去念一念吧。"

"好,先生……"亚科甫神甫说着,把手心按住库宁放在桌上的布道词,"我拿去。……"

他呆站一会儿,犹豫一阵,把身上的圣衣再裹一裹紧,忽然,他收敛了勉强的笑容,坚决地抬起头来。

"巴威尔·米海洛维奇。"他说,分明要大声讲话,讲得清楚点。

"您有什么吩咐?"

"我听说您已经那个……您把您的文书辞退了,而且……而且目前在物色一个新的。……"

"是的。……那么您有什么人要向我推荐吗?"

"我,您明白……我……您能把这个职位给……我吗?"

"可是难道您要辞掉司祭的职位?"库宁诧异地说。

"不,不,"亚科甫神甫很快地说,不知什么缘故脸色发白,浑身发抖,"求上帝保佑我,千万别做出那样的事！如果您起了疑，那就不必了，不必了。我本来只想抽出点工夫顺便干那个差事……好增加点收入。……不必了，您不用操心了！"

"嗯……收入。……不过，要知道，我给文书的薪金每月只有二十卢布！"

"上帝啊，哪怕只有十卢布，我也愿意干！"亚科甫神甫小声说着，回过头去看一眼，"十卢布就够了！您……您吃惊了，大家都会吃惊的。贪心的教士，爱财的教士，他要钱干什么用？我自己也感到这一点：我贪心。……我痛骂我自己，斥责我自己……羞愧得不敢正眼看人。……我对您，巴威尔·米海洛维奇，说的是良心话……求上帝给我作证。……"

亚科甫神甫歇一口气，继续说：

"我一路上本来已经准备好一大套表白心迹的话要对您说，可是现在……我全忘掉，不知道该从何说起了。我每年从教区领到一百五十卢布的薪金，大家……感到奇怪，不知道我把钱都用到哪儿去了。可是我要凭良心向您解释清楚。……我每年要为我弟弟彼得交给宗教学校四十卢布。他在学校里,一切都免费,可是纸张笔墨要由我供。……"

"哦,我相信,我相信!可是您提这些干什么?"库宁摆了摆手说,听到他的客人讲出那些推心置腹的话而感到很不好受,不知道该怎样才能躲开客人眼睛里的泪光。

"其次,我为我的职位要向正教管区监督局交一笔款项,至今也还没交清。他们规定我为这个职位要上缴二百卢布,我得按月付十卢布。……现在,您想想看,还剩得下什么钱呢?要知道,除此以外,我每月至少还得给阿甫拉阿米神甫三卢布哩!"

"哪个阿甫拉阿米神甫?"

"就是我来之前在辛科沃村当司祭的阿甫拉阿米神甫。他失掉这个职位是因为……身体衰弱,可是他至今还住在辛科沃村!叫他到哪儿去呢?有谁来养活他呢?虽说他老了,可是他也要有个家,也要有面包吃,也要有衣服穿啊!我不能让他这样一个担任过教职的人沿街讨饭!要是他有个好歹,那简直就是我的罪过!我的罪过呀!他……到处欠下了债,我没替他还债就已经是我的罪过了!"

亚科甫神甫猛地站起来,呆头呆脑地瞧着地板,从这个墙角走到那个墙角。

"我的上帝!我的上帝啊!"他喃喃地说着,时而举起胳膊,时而放下来,"拯救我们吧,上帝啊,饶恕我们吧!既然你信仰不坚,你缺乏力量,当初又何必承担这样的教职呢?我心里悲观绝望,简直没有个底!拯救我吧,圣母。"

"您冷静一下,神甫!"库宁说。

"饥饿磨人啊,巴威尔·米海洛维奇!"亚科甫神甫继续说,"请您宽宏大量地原谅我,我实在是没有力量了。……我知道,要是我肯求人,我肯鞠躬哈腰,人人都会帮我忙,可是……我做不到!我害臊!我怎么能向那些农民乞讨呢?您在此地工作,您自己看得见。……谁能伸出手向乞丐们要饭呢？至于央求有钱人,央求地主们,我做不到！我有自尊心！我害臊！"

亚科甫神甫摆一下手,然后举起两只手烦躁地搔头皮。

"我害臊！上帝啊,我多么怕羞！我这个自尊心强的人不愿意让人家看出我穷。那一回您来看我,我家里却根本没有茶叶,巴威尔·米海洛维奇！一丁点也没有,可是我的自尊心又不容许我对您说穿！我为我的衣服害臊,喏,这些补丁。……我为我的圣衣害臊,为饥饿害臊。……做教士的人却那么骄傲,这像话吗？"

亚科甫神甫在书房中央站住,仿佛没看见库宁在座似的,自言自语地讲起来。

"哦,就算我经得住饥饿和羞辱吧,可是,上帝啊,我还有妻子呢！真的,我是从一个上流人家把她娶来的！她没干过粗活,娇嫩,喝惯了茶,吃惯了白面包,用惯了褥单。……她在娘家常弹钢琴。……她年轻,还没满二十岁。……多半她想穿上漂亮的衣服,想玩乐,想坐着马车去拜客吧。……可是她在我那儿……连一个普通厨娘都不如,不好意思上街见人。我的上帝,我的上帝啊!她唯一的乐趣就是我做完客回去,给她带回一个小苹果或者小甜面包什么的。……"

亚科甫神甫又用两只手搔头皮。

"结果我们之间就没有爱情,只有怜悯了。……我见到她就不能不可怜她!上帝啊,这是个什么世道呀。有些事情,要是写出来登在报上,人家都不会相信。……这种事情什么时候才能了结哟!"

"别说了,神甫!"库宁被他的口气吓坏了,几乎嚷叫起来,"为什么把生活看得这样阴暗呢?"

"请您多多包涵,巴威尔·米海洛维奇……"亚科甫神甫喃喃地说,像是喝醉了,"对不起,这些事都……无关紧要,您不要介意。……这只能怪我自己不对,永远怪我自己不对。……永远怪我自己不对!"

亚科甫神甫回过头去看一眼,小声说:

打赌集

"有一天大清早我从辛科沃村出来,到卢契科沃村去。我抬头一看,河岸上站着一个女人,不知在做什么事。……我走近点看,简直不相信我自己的眼睛了。……真可怕!原来是医生伊凡·谢尔盖伊奇的妻子坐在那儿洗内衣。……她是医生的妻子,而且是在贵族女子中学里毕业的!看来她是为了不让人家看见她,才特意提早起床,走出村子一俄里以外的。……难于克服的自尊心呀!她看见我站在她身旁,看出了她穷,就脸涨得通红。……我心慌,害怕,就跑到她跟前去,打算帮助她,可是她把洗的衣服藏起来,生怕我看见她那些破衬衫。……"

"这简直叫人没法相信……"库宁说着,坐下,几乎惊恐地瞧着亚科甫神甫苍白的脸。

"真是叫人没法相信!从来也没有过这样的事,巴威尔·米海洛维奇,医生的妻子居然在河边洗衣服!任什么国家都没有这样的事!她既是我的教区的教民,我是她精神的父亲,我应该不让这种事发生,可是我能有什么办法呢？我能有什么办法呢？而且我自己就老是想请她丈夫免费治病！您说得对,所有这些就是叫人没法相信！弄得人没法相信自己的眼睛了！做祷告的时候,您知道,我从圣堂里往外一看,瞧见我的教民、挨饿的阿甫拉阿米、我的妻子,又想起医生的妻子,想起她的手在冷水里泡得发青,于是,信不信由您,我就忘了一切,呆站在那儿像个傻瓜似的,迷迷糊糊,直到教堂执事喊我才醒过来。……可怕呀!"

亚科甫神甫又走来走去。

"耶稣上帝啊!"他说,摆了摆手,"神圣的圣徒们!我连祷告也做不下去了。……那一回,您跟我谈起学校的事,可是我却像个木偶似的,什么也没听明白,光是在想吃食。……就连在圣堂上……不过,我这是怎么了?"亚科甫神甫醒悟过来说,"您要坐车出门了。对不起,我这都是随便说说的……请您原谅。"

库宁沉默地握了握亚科甫神甫的手,把他送到门厅,然后回到书房里,在窗前站住。他看见亚科甫神甫走出这所房子,把他头上那顶褪色的宽边帽子低低地拉到眼睛上,低下头,仿佛为刚才那一番推心置腹的话害臊似的,沿着大路缓缓走去。

"看不见他的马车在哪儿。"库宁暗想。

库宁不敢设想司祭这几天是步行到他家里来的,这儿离辛科沃村有七八俄里远,路上泥泞得没法走。随后库宁看见马车夫安德烈和男孩巴拉蒙跳过水洼,溅了亚科甫神甫一身泥浆,跑到他跟前去接受祝福。亚科甫神甫脱掉帽子,慢条斯理地给安德烈祝福,然后再给男孩祝福,摩挲他的头。

库宁举起手来擦一擦眼睛,觉得他的手擦过眼睛后变得湿润了。他离开窗口,用模糊的眼睛看一眼房间里,觉得那胆怯而透不出气来的声音似乎还在这儿响。……他看一下桌子。……幸好亚科甫神甫匆忙中忘了把布道词带走。……库宁跑过去,拿起布道词,撕得粉碎,带着厌恶的心情丢在桌子底下。

"这些事我以前都不知道呀!"他倒在沙发上呻吟

道,"我在这儿却已经做了一年多常任委员、荣誉调解法官、学校会议委员!没长眼睛的木偶,大少爷!要赶快帮他的忙才对!赶快!"

他痛苦得不住翻身,用手按住两鬓,紧张地思索着。

"这个月二十日我会领到二百卢布薪金。……我要找个合乎情理的借口送给他一点钱,也送给医生的妻子一点钱。……我请他来做一次祈祷好了。至于医生,我可以假装生病。……这样我就不会伤他们的自尊心了。阿甫拉阿米那边我也要接济一下。……"

他扳着手指头计算他的钱,自己也不敢承认这两百卢布几乎不够他付清总管、仆人、那个经常送肉来的农民的钱。……他不由得想起不算遥远的过去,那时候他还是个二十岁的年轻后生,往往把贵重的扇子送给妓女,每天付给出租马车的马车夫库兹玛十卢布,出于虚荣心而给女演员送礼,他父亲的一份家业就此糊里糊涂挥霍掉了。唉,那些胡乱丢出去的一卢布钞票,三卢布钞票,十卢布钞票,如果留到现在,那会多么有用呀!

"阿甫拉阿米神甫一个月只要有三卢布就能够活下来了,"库宁想,"有一个卢布,神甫的妻子就可以给自己做一件衬衫,医生的太太就可以雇一名洗衣女工。不过我仍然要帮助他们!一定要帮助他们!"

这时候库宁突然想起他给主教写的那封告密的信,就周身痉挛,仿佛冷不防吹来一股凉气似的。回忆使他在自己面前,在肉眼看不见的真理面前羞愧难当,整个灵魂充满了沉痛的感情。……

一个存着好心,然而吃得过饱,遇事又不加思考的人为一件有益的工作所做的真诚努力,就这样开始,又这样结束了。

打　赌

一

那是秋天的一个黑夜。有个老银行家在书房里从这个墙角走到那个墙角,回忆十五年前秋天一个傍晚他举办过的一个晚会。晚会上有许多聪明人,谈了不少有趣的话。除了别的话题以外,他们还谈到死刑。客人们当中有不少学者和新闻记者,大多数都对死刑采取否定的态度。他们认为这种惩罚已经过时,对基督教国家不相宜,而且不合乎道德。按照他们有些人的意见,死刑应当一概改为无期徒刑。

"我不同意你们的意见,"做主人的银行家说,"我既没尝试过死刑,也没领略过无期徒刑,不过如果可以臆断①来判断,那么依我看来,死刑比无期徒刑更合乎道德,也更人道。死刑把人一下子处死,无期徒刑却慢慢地磨死一个人。究竟是哪个刽子手比较人道些?是在几分钟当中杀死您的那一个呢,还是在许多年当中汲尽您的生命的那一个?"

"两种刑罚都同样不道德,"有个客人说,"因为它们有一个共同的目标,夺去人的生命。国家比不得上帝。国家没有权利夺去它即使有心也无法恢复原状的东西。"

客人当中有个二十五岁左右的青年人,是法学家。别人问起他的意见,他说:

"死刑也罢,无期徒刑也罢,同样是不道德的,不

---

① 原文为拉丁语。

过如果有人要我在死刑和无期徒刑当中任选一种,那么当然,我会选择第二种。活着总比不活好。"

热闹的争论开始了。银行家当时还比较年轻,心浮气躁,一时性起,用拳头捶一下桌子,对年轻的法学家说:

"这话不实在!我敢打两百万的赌:您在囚室里连五年也坐不住。"

"如果这话是认真说的,"法学家回答他说,"那么我敢打赌:我不是坐五年,而是坐十五年。"

"十五年?好吧!"银行家叫道,"诸位先生,我下两百万的赌注!"

"行!您下两百万赌注,我拿我的自由做赌注!"法学家说。

这个荒唐而毫无意义的打赌就此成立了!银行家当时到底有几百万家财,连他自己也不清楚,因而不免志得意满,满不在乎,打了这个赌感到很高兴。吃晚饭的时候,他取笑法学家说:

打　赌　集

"趁时机还不迟,年轻人,醒悟过来吧。两百万在我不算一回事,可是您却有失去您一生中三四年最好岁月的危险。我说三四年,那是因为您不会坐得比这再久的。还有一点不要忘记,不幸的人,那就是自愿监禁比强制监禁难熬得多。既然您随时都有权利出去享受自由,那么这种想法就会毒害您在囚室里的全部生活。我怜惜您!"

现在银行家从这个墙角走到那个墙角,回想这些事,就问自己:

"何必打这种赌呢?那个法学家失去十五年的生活,我丢掉两百万,这有什么好处呢?难道这能向人们证明死刑比无期徒刑坏些或者好些?不能,不能。这是胡闹,毫无意义。在我这方面,这是吃饱肚子的人的任性,在他那方面呢,纯粹是贪财罢了。……"

随后他又想起在上述那个晚会后发生的事。双方决定,法学家得搬到银行家花园中一个小屋里去住,在最严格的监督下度完他的监禁岁月。他们约定,这十五年当中他得放弃跨出小屋门槛、看见活人、听见人声、收到信件和报纸的权利。有些事是准许做的：他可以有一件乐器，可以看书，可以写信，可以喝酒，可以吸烟。按照商妥的条件，他跟外界通消息只能通过一个特地为这个目的造的小窗，而且不准开口说话。凡是他所需要的东西，例如书籍、乐谱、酒，等等，他可以写个条子，要多少就给多少，不过只能从窗口递进递出。他们的契约包括种种项目和细节，规定这种监禁必须做到严格的隔离，责成法学家务必要坐满整整十五年，从一八七〇年十一月十四日晚间十二点钟起到一八八五年十一月十四日晚间十二点钟止。法学家只要有稍稍违反条约的举动，即使在规定期限之前早两分钟走出屋子，那就解除了银行家付给他两百万的义务。

监禁的头一年，凭法学家写出来的短短的字条判断，他又寂寞又烦闷，非常痛苦。从他的小屋里昼夜不断地传出钢琴声！他不要酒和烟。他写道，酒激起欲望，而欲望是囚徒的头号敌人；况且，再也没有比喝着美酒却什么人也看不见更乏味的了。烟损害他房间里的空气。头一年送到法学家那儿去的书多半是内容轻松的:恋爱情节错综复杂的长篇小说、犯罪小说、幻想小说、喜剧等等。

第二年,小屋里的音乐声沉寂了,法学家在字条上只要古典作品了。到第五年,音乐声又响起来,囚徒要求送酒去。在小窗口外面监视他的人说,整整那一年,他光是吃饭喝酒,躺在床上,常打哈欠,愤愤地自言自语。他不看书。有时候,他夜间坐着写东西,写得很久,第二天早晨却又把写出来的东西统统撕得粉碎。他们不止一次听见他哭。

第六年的下半年,囚徒热心地着手研究外语、哲学、历史。他贪婪地研究这些学问,弄得银行家几乎来不及订购他所要的书。四年内经他的要求买来的书将近六百册。在这段入迷的时期,银行家还接到囚徒这样一封信:"我亲爱的狱官!我用六种语言写这封信。请您把它们送给那些精通这些语言的人过目。让他们读一读。如果他们没有发现什么错误,那么我请求您吩咐人在花园里放一枪。这声枪响告诉我,我的努力没有白费。各国历代的天才说不同的语言,然而他们大家心里燃着同一种火焰。啊,但愿您知道,如今在我能够了解他们的时候,我的灵魂体验到什么样的幸福,真是人间少有啊!"囚徒的愿望照办了。银行家吩咐人在花园里放了两枪。

后来,十年以后,法学家坐在桌子旁边一动也不动,只读《福音书》。银行家觉得奇怪,心想一个在四年当中读过六百本深奥著作的人却用近一年的工夫去读一本容易理解的而且并不算厚的书。他看完《福音书》,接着就读宗教史和神学。

在监禁的最后两年,囚徒不加任何选择,读了非常多的书。他时而钻研自然科学,时而要拜伦或者莎士比亚的作品。他往往写字条要求给他同时送去化学书、医学教科书、长篇小说、哲学或者神学的论著。他看书就像在海洋里游泳,四周是一条破船的许多碎片,他想救自己的命,一会儿贪婪地抓住这块碎片,一会儿抓住那块!

二

老银行家回忆着这一切,想道:

"明天十二点钟他就要得到自由了。按照契约,我就得付给他两百万。如果我付出去,那就全完了,我彻底破产了。……"

十五年前他究竟有几百万财产连他自己也算不清,可是现在他不敢问自己到底是资产多还是债务多了。证券交易所里的狂热赌博、富于冒险性的投机生意、就是到老年也还是无法克制的偏激性格,渐渐使他的事业走上了下坡路。这个无所畏惧和刚愎自用的骄傲富翁如今变成一个平常的银行家,证券的一涨一落都能使他发抖了。

"该死的打赌!"老人嘟哝着,绝望地抱住头,"为什么这个人没有死掉呢?他还只有四十岁。他现在拿走我的最后一笔钱,就会去结婚,享受生活,到交易所去赌博,我呢,却像乞丐似的带着嫉妒的心情瞧着,天天听他说那一套话:'多亏您,我的生活才得到幸福,让我来帮您忙吧!'不,这太过分了!要解救破产和出丑,唯一的办法就是叫这个人死掉!"

时钟敲了三下。银行家仔细听了一下:家里的人都睡了,只能听见受冻的树木在窗外发出的飒飒声。他极力不弄出一点响声,从保险柜里拿出十五年来没开过的那个房门的钥匙,穿上大衣,走出房外。

花园里又黑又冷。天在下雨。潮湿而刺骨的风哀号着,刮过整个花园,不容那些树木安静。银行家尖起眼睛,可是既看不见土地,也看不见白色雕像,也看不见那个小屋,也看不见那些树木。他走近小屋所在的地方,叫了两次看守人。没有人应声。显然,看守人因为天气坏而溜走,到厨房或者花房里睡觉去了。

"如果我有足够的勇气实现我的意图,"老人暗想,"那么嫌疑首先落在看守人身上。"

他摸黑走上台阶,摸到门,走进小屋的前堂,然后摸索着走进一个不大的过道,划亮火柴。这儿一个人也没有。有一张床,不知是什么人的,然而上面没有放被褥,墙角上放着一个乌黑的铁火炉。囚徒房门上的封条是完整的。

等到火柴熄掉,老人就兴奋得发抖,往小窗口里面看一眼。

囚徒的房间里点着一支蜡烛,射出昏暗的光。他本人坐在桌子那儿。老人只看得见他的后背、头发、胳膊。桌子上,两把圈椅上,桌子旁边的地毯上,都放着翻开的书。

五分钟过去了,囚徒却一动也没动。十五年的监禁教会他静坐不动了。银行家用手指头敲窗子,囚徒却没有任何反应。于是银行家小心地撕掉门上的封条,把钥匙塞进锁眼里。生锈的锁发出粗嘎的声响,房门嘎吱一声开了。银行家料着马上可以听见惊讶的叫声和脚步声,然而大约过了三分钟,门里却跟先前那样安静。他决定走进房间去。

靠近桌子,坐着一个人,一动也不动,没有普通人的样子了。这是蒙着一层皮的骷髅,生着女人样的长鬈发,留着乱蓬蓬的胡子。他脸色发黄,类似泥土的颜色,脸的两边凹进去,后背狭长,两条胳膊又细又瘦,支着他那头发蓬松的脑袋,看上去简直吓人。他的头发里已经夹着银丝。瞧着他那张苍老消瘦的脸,谁也不会相信他只有四十岁。他睡着了。……桌子上,在他垂下的脑袋前面,铺开一张纸,上面写着些细小的字。

"可怜的人啊!"银行家想,"他在睡觉,而且多半梦见了那两百万!我只要抓住这个半死的人,把他扔到床上,用枕头略微闷他一下,那么事后,就连最仔细的检验也不会发现横死的迹象。不过我先来看看他写了些什么。……"

银行家从桌子上拿过那张纸来,读到下面这些话:

打 赌 集

"明天十二点钟我就要得到自由,有权利跟人们来往了。不过,在我离开这个房间、看见太阳以前,我认为有必要对您说几句话。我带着清白的良心,面对瞧见我的上帝,对您声明:我藐视自由,藐视生命,藐视健康,藐视你们书里称之为人间幸福的一切。

"十五年来我专心研究人间的生活。不错,我没看见人间,没看见人,然而在你们的书里我喝到过芬芳的葡萄酒,唱过歌,在树林里追逐过鹿群和野猪,爱过女人。……由你们那些天才诗人的魔力创造出来的像白云那么轻盈的美女,夜间常来找我,对我小声讲述美妙的神话,使我陶醉得头脑发昏。在你们的书里我攀登过厄尔布鲁士山①和勃朗峰②的顶巅,在那儿见过早晨太阳怎样升上来,傍晚怎样给天空、海洋、山顶抹上一层带紫红的金色。我在那儿见过电光在我头顶上空劈开乌云,闪闪发亮。我见过绿色的树林、原野、河流、

---

① 在高加索。
② 在欧洲中部。

湖泊、城市,听过塞壬①的歌唱和牧笛的吹奏,摸过美丽的魔鬼的翅膀,他们原是飞到我这儿来谈论上帝的。……在你们的书里,我跳进无底的深渊,创造奇迹,行凶杀人,烧毁城市,宣扬新宗教,征服整个王国。……

"你们的书给予我智慧。凡是历代不知疲倦的人类思想创造出来的东西,都压缩成一小块,藏在我的颅骨里了。我知道我比你们一切人都聪明。

"我藐视你们那些书,藐视各种人间的幸福和智慧。一切都渺不足道,昙花一现,虚无缥缈,不足凭信,有如海市蜃楼。尽管你们骄傲,聪明,美丽,可是死亡会把你们从地面上抹掉,就跟地板底下的耗子一样。你们的后代、你们的历史、你们的不朽天才,都会同地球一起冻结或者烧毁。

"你们失去理智,走上岔路。你们把谎话当作真

---

① 希腊神话中人身鸟足的女妖,住在地中海小岛上,常以歌声引诱水手,然后将他杀死。

理,把丑看成美。如果由于某种情况,苹果树和橙子树上没长出果实,却忽然长出蛤蟆和蜥蜴,或者玫瑰花发出冒汗的马的气味,你们就会觉得奇怪。我对你们这些情愿拿天堂去换人间的人也同样感到奇怪。我不想了解你们。

"为了用行动对你们表明我蔑视你们借以生活的一切,我不要那两百万了。当初我想望它如同想望天堂一样,如今我却蔑视它。为了剥夺自己得到这笔钱的权利,我要在规定期限前五小时走出这个地方,从而破坏契约。……"

银行家读完这些话,把纸放在桌子上,吻了一下这个怪人的头,流下眼泪,走出这个小屋。在这以前,无论什么时候,哪怕是在交易所里大输一场以后,他也没有像现在这样蔑视过自己。他回到家里,在床上躺下,可是激动和眼泪久久没让他睡着。……

第二天早晨,脸色惨白的看守人跑来,通报他说,他们看见住在小屋里的人爬出窗口,钻进花园,往大门走去,随后就下落不明了。银行家立刻带领仆人赶到小屋,证实囚徒确实逃走了。为了避免引起多余的流言蜚语,他从桌上拿走那张申明放弃权利的纸,转身回屋,把它锁在保险柜里。

问　题

他们为了避免把乌斯科夫家的家庭秘密张扬出去,已经采取最严厉的措施。有一半仆人已经给打发到戏院和杂技场去了,另一半守在厨房里不准外出。仆人们接到命令:来客一概挡驾。上校太太(也就是婶娘)、她的妹妹、女家庭教师,虽然知道这个秘密,却装出什么也不知道的样子。他们坐在饭厅里,既不到客厅,也不到大厅去。

这场大风波的祸首,萨沙·乌斯科夫本人,一个二十五岁的青年人,早已来了,遵照他的辩护人,心肠极软的舅舅伊凡·玛尔科维奇的嘱咐,温顺地坐在大厅里,靠近书房的门口,准备好做一番坦率诚恳的解释。

书房里正在举行家庭会议。他们所谈的是一件很不愉快的、棘手的事。事情是这样的:萨沙·乌斯科夫冒名开了一张期票,在一个银行里办理了贴现,而这张期票三天前已经到期,于是如今他的两个叔叔和舅舅伊凡·玛尔科维奇就要解决一个问题:他们究竟应该付出这张期票的款项来挽救家庭名誉呢,还是应该丢手不管,把这个案子提交司法当局处理?

对事不干己的局外人来说,这类问题是容易解决的,然而对那些亲身遭到这种不幸,也就是必须严肃解决这种问题的人来说,这种问题就非常难于解决了。那些长辈已经议论很久,可是问题的解决还是一点进展也没有。

"诸位先生!"上校叔叔说,从他的声调里可以听出他又疲倦又伤心,"诸位先生,谁说家庭名誉是偏见?我根本没有说过。我只是警告你们不要抱着不正确的见解,指出你们可能犯无法原谅的错误罢了。你们怎么会不懂呢?要知道我说的不是中国话,而是俄国话呀!"

"好朋友,我们懂得的。"伊凡·玛尔科维奇温和地说。

"既然你们说我否定了家庭名誉,那怎么能算是懂了?我再说一遍:对家庭名誉理解得不正确,那才是偏见。理解得不正确!这就是我所说的!不管是谁,只要他是骗子,那么包庇他,使他不受惩罚,无论出于什么动机,都是违法的,不是正派人应该做的,这不是挽救家庭名誉,而是怯懦地规避公民责任!就拿军队来做个例子吧。……军队荣誉在我们心目中比其他一切荣誉都宝贵,然而我们并不包庇我们的犯罪成员,而是审判他们。那又怎么样?难道军队荣誉因此受到了玷污?刚好相反!"

另一位叔叔是省税务局的一个文官,为人沉默寡言,头脑迟钝,害着风湿病。他要么默默不语,要么只是说:万一打起官司来,乌斯科夫这个姓可就会登到报纸上去了。依他的见解,这个问题一开头就应当捂得严严的,千万不能张扬出去,然而他除了提到报纸以外再也举不出别的什么理由来解释自己的看法了。

心肠极软的舅舅伊凡·玛尔科维奇讲得流畅,温和,声音发颤。他开头说:青春自有它的权利,自有它入迷的东西。我们谁没有年轻过,谁没有入过迷呢?慢说普通的凡人,就连伟大的人物,在年轻的时候也难免入迷,犯错误。比方就拿大作家的生活经历来说。他们年轻的时候谁没有热衷于赌博和酗酒而挥霍金钱,谁没有惹得思想端正的人愤慨呢?如果萨沙的入迷已经接近犯罪,那么必须注意:他,萨沙,几乎没有受过什么教育,他在中学读到五年级就被开除了。他年纪很小就父母双亡,所以临到年轻刚懂事的时候,没有受到管教和良好有益的影响。他心浮气躁,容易冲动,没有立定脚跟,要紧的是,人生的幸福跟他无缘。就算他犯了过错,那么无论如何他总应当受到一切有恻隐之心的人的宽容和同情。对他加以惩罚当然是应该的,然而就是不惩罚他,他的良心以及目前他等着亲戚们的判决而经受到的痛苦也已经在惩罚他了。上校举出军队来做比喻是很精彩的,这给他的崇高智慧增添了光彩,他呼吁公民的责任感,这说明他灵魂高尚,不过大家也不要忘记:在每个人身上,公民是跟基督徒紧密结合着的。……

"如果我们对待这个犯罪的孩子不是惩罚,而是伸出援助的手,"伊凡·玛尔科维奇热烈地说,"我们就违背了公民的责任吗?"

接着,伊凡·玛尔科维奇讲到家庭名誉。他自己并没有属于乌斯科夫家族的荣幸,然而他清楚地知道这个有名的家族从十三世纪就开始传下来了。他也一刻都没有忘记他永远铭记心中而且为他所热爱的姐姐做过这个家族的一个代表的妻子。一句话,他有许多理由认为,这个家族对他来说是亲密的。他不能认可这样一种想法:为了区区一千五百卢布就害得这个家族的无限珍贵的纹章蒙上阴影。如果他所陈述的种种动机都缺乏说服力,那么最后他,伊凡·玛尔科维奇,请在座的人问一问自己:究竟什么叫犯罪?犯罪是以作恶的意志为基础的不道德行为。可是人的意志是自由的吗?科学对这个问题还没有做出肯定的回答嘛。学者们抱着不同的见解。例如,最新的龙勃罗梭①学派就不承认自由的意志,却把每一种犯罪行为都看作个人的纯粹解剖学特征的产物。

"伊凡·玛尔科维奇!"上校恳求地说,"我们在认真地谈一件重要的事,您却讲什么龙勃罗梭!聪明人,请您想一想,您何必讲这些呢?难道您以为,这些玩意儿和您的辩才能够解决问题吗?"

萨沙·乌斯科夫本人坐在门外听着。他既不害怕,也不羞愧,更不觉得烦闷,只是觉得疲倦和心灵空虚罢了。他们原谅他也罢,不原谅他也罢,他觉得对他

---

① 龙勃罗梭(1835—1909),意大利资产阶级犯罪学家,主张犯罪是先天性的,认为有人生来就是"犯罪型"。

来说完全一样。他所以到这儿来等候判决,准备做出解释,也只是因为心肠极软的伊凡·玛尔科维奇要求他到这儿来罢了。他并不担心他的前途。将来不论到哪儿去,坐在大厅里也好,关在监狱里也好,到西伯利亚去也好,在他都无所谓。

"西伯利亚就西伯利亚,管它呢!"

生活使他厌倦。生活沉重得叫人受不了。他背着一身的债,还也还不清,衣袋里连一个子儿也没有。亲戚们惹得他讨厌,他早晚会跟他那些朋友和女人分手,因为他们对他的寄生地位已经十分看不起了。前途是黯淡的。

萨沙却满不在乎,只有一件事使他激动,那就是屋里那些人骂他流氓和罪犯。他随时想跳起来,冲进书房,大喝一声,回答上校讨厌的响亮声音:

"您胡说!"

罪犯是个可怕的词。只有凶手、窃贼、土匪、一般在道德上已经不可救药的人,才叫作罪犯。而萨沙离这一切还远得很呢。不错,他欠人很多钱,没有偿还债务。可是欠债不能算是犯罪,而且很少有人不欠债,上校和伊凡·玛尔科维奇两个人就都欠着债嘛。……

"此外我犯了什么罪呢?"萨沙想。

他用假期票提取了现款。可是他所认得的年轻人都干过这种事啊。比方说,汉德利科夫和冯·布尔斯特每逢手边缺钱用,总是冒用父母或者朋友的名义,开出假期票去提取现款,然后,等收到家里的钱,就把期票在到期以前赎回来。萨沙也是这样做的,不过没有赎回期票而已,因为他没有拿到汉德利科夫答应借给他的钱。这不能怪他,得怪环境。不错,冒充别人签名,大家都认为是不体面的事,可是这毕竟不是犯罪,而是一种大家都使用的手段,一种不高明的办法,并不损伤什么人,也没有什么害处,因为萨沙冒充上校签名,并不是存心要害什么人,或者给什么人造成损失。

"对,这并不等于我犯了罪……"萨沙暗想,"我也没有那种敢于犯罪的性格。我性子温和,多情善感……我有钱的时候总是帮助穷人。……"

萨沙照这样思考着,房门里面的人却仍旧在讲话。

"诸位先生,这样下去,事情就会没完没了!"上校激烈地说,"假定我们原谅他,替他付清期票的钱,可是要知道,这以后他不会停止那种放荡的生活,仍旧会挥霍金钱,欠下债务,到我们的裁缝师傅那儿去用我们的名义给自己定做衣服!您能担保这是他最后一次干这种勾当吗?至于我,我就根本不相信他能改邪归正!"

税务局文官嘟嘟哝哝回答了一句什么话,这以后伊凡·玛尔科维奇就流畅温和地讲起来。上校不耐烦地挪动椅子,用他那讨厌的响亮声音压过舅舅的说话声。最后房门打开了,伊凡·玛尔科维奇从书房里走出来,他那刮光胡子的瘦脸上现出一块块红斑。

"来!"他说,拉住萨沙的手,"来,真心诚意地解释一下吧。不要骄傲,好孩子,要规规矩矩,说心里话。"

萨沙走进书房。税务局文官坐在那儿。上校把手插在衣袋里,站在一张桌子前面,他的一个膝头跪在椅子上。书房里烟雾腾腾,闷得很。萨沙没看文官,也没看上校。他忽然觉得羞臊,害怕了。他不安地打量着伊凡·玛尔科维奇,嘟哝说:

"我会付那笔钱。……我会还的。……"

"你凭期票提取现款的时候有过什么打算?"他听见那个响亮的声音说。

"我……汉德利科夫本来答应在期票到期以前借给我钱的。"

萨沙再也说不出别的话来了。他从书房里走出来,又在门外的椅子上坐下。这时候他有心一走了事,然而他给憎恨憋得透不出气来,他一心想留在这儿给上校一点难堪,对他顶撞几句。他坐在那儿,盘算着应该对他那可恨的叔叔说些什么厉害而有分量的话,可是这时候客厅门口出现了一个女人的身影,笼罩在昏光里。她就是上校太太。她招手叫萨沙走过去,绞着手,哭着说:

打 赌 集

"亚历山大①,我知道您不喜欢我,不过……您听我说,您听我说,我求求您。……我的朋友,怎么会发生这种事呢?这真是可怕,可怕呀!看在上帝分上,您去央告他们,辩白几句,求求他们吧。"

萨沙瞧着她那颤动的肩膀,瞧着大颗眼泪顺着她的脸颊流下来,听着身后那些疲劳苦恼的人发出含混而烦躁的声音,耸了耸肩膀。他再也没料到他这些门第富贵的亲戚为了区区一千五百卢布会闹出这么一场风暴!他不理解她的眼泪,也不理解那些颤抖的语声。

过了一个钟头,他听见上校占上风了。最后,叔叔和舅舅也想把这个案子提交司法当局处置了。

"总算解决了!"上校吁一口气说,"完事了!"

那几位长辈,连死心眼儿的上校也包括在内,做完这个决定后,显然都灰心丧气了。随后是沉默。

"主啊,主啊!"伊凡·玛尔科维奇叹道,"我那可

---

① 原文为法语。萨沙是亚历山大的小名。

怜的姐姐!"

他开始小声讲他的姐姐,萨沙的母亲,目前多半就在这个书房里,只是肉眼看不见罢了。他的心体会到这个不幸而又神圣的女人在哭泣,在发愁,在为她的儿子求情。为了让她在坟墓里得到安宁,应当宽恕萨沙才对。

传来了啜泣的声音。伊凡·玛尔科维奇哭着,嘴里还含含糊糊说着什么,隔着门却听不清楚。上校站起来,从这个墙角走到那个墙角。冗长的谈话又开始了。

不过后来客厅里的时钟敲了两下。家庭会议总算结束了。上校不愿看见那个惹他十分生气的人,于是没有从书房走到大厅,却直奔前厅去了。……伊凡·玛尔科维奇走进大厅里。……他兴奋得很,快活地搓着手。他那带着泪痕的眼睛喜气洋洋,他的嘴一撇,现出了笑容。

"好极了!"他对萨沙说,"谢天谢地! 你,我的朋友,可以回家去,放心睡觉了。我们决定偿还那张期票的钱,不过有一个条件:你得改悔,而且明天就到我的村子里去干点正事。"

过了一分钟,伊凡·玛尔科维奇和萨沙穿上大衣,戴上帽子,走下楼去。舅舅嘟嘟哝哝说些开导的话。萨沙没有听他讲话,只是觉得好像有个可怕的重东西渐渐从他的肩膀上滑下去了。他们已经原谅他,他自由了!欣喜像风一样扑进他的心,给他的心送来一股甜蜜的凉意。他一心想呼吸,想很快地活动,想生活!他瞧着街灯,瞧着乌黑的天空,想起冯·布尔斯特今天在"野熊饭店"举行命名日宴会,欣喜就又抓住了他的心。……

"我要去!"他决定。

然而这时候他想起身边连一个小钱也没有,他目前去找的朋友会因为他没有钱而看不起他。无论如何非弄到一笔钱不可!

"舅舅,借给我一百卢布!"他对伊凡·玛尔科维奇说。

舅舅惊愕地瞧着他的脸,退到街灯的柱子跟前。

"借给我!"萨沙说,急得两只脚不住地左右倒换着,开始喘气,"舅舅,我求求你!借给我一百卢布!"

他的脸变了样子。他浑身发抖,紧逼他的舅舅。……

"不借吗?"他看见舅舅仍旧吃惊,不理解他,就问道,"你听我说,要是你不借,那我明天就到法院去自首!我不让你们付那张期票的钱!明天我要再开一张假期票去取钱!"

伊凡·玛尔科维奇呆若木鸡,在惊恐中嘟嘟哝哝说了一句不连贯的话,从钱夹里拿出一张一百卢布钞票,交给萨沙。萨沙接过来,很快地离开他,走掉了。……

萨沙雇了一辆街头马车,定下心来,觉得胸中又掀起一股欣喜的心情。方才心肠极软的伊凡·玛尔科维奇在家庭会议上讲到的青春的权利,如今醒过来,抬头

了。萨沙想象着近在眼前的豪饮的盛况,同时他脑子里有一个思想在酒瓶、女人、朋友中间闪动不停:

"现在我才看出来我犯罪了。对,我犯罪了。"

不　幸

公证人鲁比扬采夫的妻子索菲雅·彼得罗芙娜是个年轻美丽的女人,年纪二十五岁上下,这时候跟住在邻近别墅里的律师伊林沿着林间通道缓缓地走着。那是下午四点多钟。这条道路的上空,堆着蓬松的白云,从云层里露出一小块一小块明亮的蓝天。浮云停在空中不动,仿佛被高大的老松树的树顶钩住了似的。四下里安静而闷热。

远处,这条路由不高的铁道路基截断。这时候,不知什么缘故有个哨兵荷着枪在路基上走来走去。路基后边不远,有座六个圆顶的白色大教堂,房顶生了锈。……

"我没料到会在这儿遇见您,"索菲雅·彼得罗芙娜说,眼睛瞧着地下,用阳伞的尖头拨弄去年的树叶,"现在我想到能遇见您,倒很高兴。我要严肃而彻底地跟您谈一谈。我求求您,伊凡·米海洛维奇,要是您真的爱我,尊敬我,就不要再跟踪我了!您像影子似的跟着我走来走去,用不好的眼光瞧我,不住表白爱情,写些奇怪的信,而且……而且我不知道这一切到什么时候才会了结!哎,这会闹出什么下场来呢,我的上帝?"

伊林沉默不语。索菲雅·彼得罗芙娜走出几步,继续说:

"您这种急剧的变化,是在我们相识五年以后最近两三个星期当中发生的。我都认不出您来了,伊凡·米海洛维奇!"

索菲雅·彼得罗芙娜斜眼瞟了一下她的旅伴。他正眯细眼睛,专心瞧着蓬松的浮云。他脸上的表情愠怒,不服气,神思恍惚,就像一个心里痛苦而同时又不得不听人家说废话的人一样。

"奇怪的是您自己怎么会不明白呢!"鲁比扬采娃说,耸了耸肩膀,"您要明白,您在玩一种不大妙的游戏。我已经结了婚,我爱我的丈夫,尊敬他……我有个女儿。……莫非您认为这都无关紧要?除此以外,您既是我的老朋友,就知道我对家庭的看法……对家庭基础的基本看法。……"

伊林烦恼地嗽一嗽喉咙,叹了口气。

"家庭基础……"他喃喃地说,"啊,上帝!"

"是啊,是啊!……我爱我的丈夫,尊敬他,在任何情形下都看重家庭的和睦。我宁可自己死掉,也不愿意给安德烈和他的女儿造成不幸。……我求求您,伊凡·米海洛维奇,看在上帝面上,躲开我吧。让我们像从前那样做知心朋友,至于您那些不合宜的长吁短叹,您都丢开吧。那么这件事就这样解决,定局了!以后再也不提了。我们来谈点别的事吧。"

索菲雅·彼得罗芙娜又斜眼看了看伊林的脸。伊林瞧着天空,脸色苍白,生气地咬着发抖的嘴唇。鲁比扬采娃不知道他为什么生气,冒火,不过他那苍白的脸色却打动了她的心。

"您别生气了,做个朋友吧……"她亲切地说,"同意吗?喏,我向您伸出手来了。"

伊林伸出两只手来接过她胖乎乎的小手,握了握,慢慢送到唇边。

"我可不是中学生,"他嘟哝说,"同我热爱的女人交朋友,这对我是一点引诱力也没有的。"

"行了,行了!事情已经解决,定局了。我们已经走到长椅这儿,那我们就坐一坐吧。……"

索菲雅·彼得罗芙娜心里充满了如释重负的舒畅感觉:最难说出口、最不便启齿的话总算已经讲完,恼人的问题已经解决和定局了。如今她总算可以轻松地吐口气,正视伊林的脸了。她就瞧着他。被人爱着的女人常常感到自己所处的地位高于爱她的人,这种优越感使她沾沾自喜。这个男人强壮魁梧,威武而愠怒的脸上留着大黑胡子,聪明,受过教育,而且据说很有才华,如今却乖乖地坐在她身旁,低下头,她看着暗自高兴。他们默默地坐了两三分钟。

"至今什么事情也没解决,也没定局……"伊林开口说,"您像是对我念了些格言:'我爱我的丈夫,尊敬他……家庭基础。……'这些话,您就是不讲,我也知道,而且要叫我讲,那我还能对您讲很多呢。我恳切而诚实地对您说吧,我自己也认为我这种行为是有罪的,不道德的。莫非还能说得比这更彻底吗?可是,大家都知道的话又何必再说呢?您与其用那些可怜的话喂夜莺,还不如教教我:我该怎么办?"

"我已经跟您说过:您离开此地吧!"

"我已经离开过五次,这您知道得很清楚,可是每次都是走到半路上又回来了!我可以把直达车票拿给您看,我都保存着。要我从您这儿跑掉,我缺乏那种毅力！我挣扎,苦苦地挣扎,可是既然我不果断,我软弱,我怯懦,那么我哪能办到？我拗不过天性啊！明白吗？我做不到！我从这儿跑掉,可是天性拉我的后腿。庸俗而丑恶的软弱呀！"

伊林涨红脸,站起来,在长椅旁边走来走去。

"我一肚子的怨气,像条狗似的！"他悻悻地说,捏紧了拳头,"我痛恨自己,鄙视自己！我的上帝啊,我像个放荡的男孩似的追逐别人的妻子,写傻里傻气的信,低三下四……唉！"

伊林抱住头,干咳了一声,坐下来。

"再说,您又这么不诚恳！"他沉痛地继续说,"要是您反对我这种不妙的游戏,那您为什么到这儿来呢？是什么东西把您拉来的？我在信上要求您的仅仅是坚决而直率的答复:行,或者不行。可是您不但没有作出直截了当的答复,反而极力每天'无意中'跟我相会,而且引用些格言来敷衍我！"

鲁比扬采娃吓一跳,脸红了。她忽然感到困窘,只有正派的女人没穿衣服而被人偶然撞见的时候才会有这种感觉。

"您似乎怀疑我有意耍弄您……"她喃喃地说,"我素来直率地答复您,而且……而且今天我还请求过您!"

"哎,可是这样的事难道用得着请求吗?要是您干脆说'走开',那我早就不在这儿了,然而您没有对我说过这话。您一次也没有直截了当地答复过我。奇怪的迟疑!真的,您要么是耍弄我,要么是……"

伊林没讲完,用两个拳头支住脑袋。索菲雅·彼得罗芙娜开始把自己的行为从头到尾回想一遍。她想起这些天来她不但在行动上,甚至在最隐秘的思想里也是反对伊林的追求的,不过同时却又觉得律师的话也不无道理。她不知道他在哪方面说对了,因而她不论怎样思索,也找不出话来回答伊林的抱怨。保持沉默是不妥当的,于是她耸了耸肩膀说:

"这反而是我不对了。"

"我不是责怪您不诚恳,"伊林叹道,"我这是随便说说,话到嘴边就讲出来了。……您的不诚恳是自然而然、合乎情理的。如果所有的人都约定,忽然一齐诚恳起来,那么一切事情反而会弄得乱七八糟。"

索菲雅·彼得罗芙娜没心思谈哲学,然而她暗自庆幸谈话总算有个改变题目的机会,就问道:

"那怎么见得呢?"

"因为只有野人和野兽才诚恳。一旦文明给生活带来了对安乐的需要,例如,对女性美德的需要,那么诚恳就不合时宜了。……"

伊林慢慢地用手杖挖掘沙土。鲁比扬采娃听他讲话,有许多地方没听懂,可是仍然喜欢他的谈话。首先使她喜欢的是,这个有才华的人对她,一个普通的女人,谈起"学问上的事"来了;其次,她看着他那年轻、苍白、活泼、仍然愤愤不平的脸不住牵动,心里极其高兴。她有许多地方没听懂,然而有一点她却看得很清楚:现代人解决重大问题和作出最后结论的时候,总是表现出一种毫不迟疑、干净利落的美妙动人的勇敢精神。

她忽然醒悟过来,她是在爱慕他,就吓坏了。

"请您原谅,我不懂:为什么您谈起不诚恳来了?"她连忙说,"那我再把我的要求重复一遍:我们来做知己朋友吧,您让我安静一下吧!我诚恳地要求您!"

"好吧,那我就再来挣扎一次!"伊林说,叹口气,"我愿意尽我最大的力量。……只是我的挣扎未必会有什么结果。我要么朝我的额头放一枪,要么……昏头昏脑地灌酒。我反正在劫难逃了!一切事情都有个限度,同自然的事物作斗争也如此。您说说看,人怎么拗得过疯狂呢?如果您喝酒,您怎么能克制住兴奋?如果您的音容笑貌在我心里生下根,日日夜夜缠住我,总是出现在我眼前,喏,就像现在这棵松树一样,那我能有什么办法呢?是啊,既然我的全部思想、愿望、美梦都不由我做主,却听命于一个附在我身上的恶魔,那就请您教教我,我该怎样冲锋陷阵,才能摆脱这种可恶而不幸的处境?我爱您,爱得神魂颠倒,丢开了工作和亲友,忘了我的上帝!我有生以来还从没这么爱过!"

索菲雅·彼得罗芙娜没料到有这样的转变,就抽身躲开伊林,惊恐地瞧着他的脸。他眼睛里涌上了泪水,嘴唇在颤抖,他整个脸上布满一种饥渴和恳求的神情。

"我爱您!"他喃喃地说,把他的眼睛凑近她那惊恐的大眼睛,"您这么美!目前我在受苦,可是我起誓,我情愿一辈子照这样坐着,一边受苦,一边瞧着您的眼睛。不过……您别说话,我求求您!"

索菲雅·彼得罗芙娜仿佛冷不防遭到袭击似的,急急忙忙想找出话来拦阻伊林。"我得走!"她暗自决定,可是她还没来得及做出站起来的动作,伊林却已经在她脚跟前跪下了。……他抱住她的膝头,瞅着她的脸,讲得热烈,动听,美妙。她又害怕又心慌,没听清他说的话。不知什么缘故,目前,在这危险的关头,当她的膝头正被人抱紧,她感到那么舒服,好像在洗温水浴一样的时候,她却带着一种凶狠的阴险心理探索她这种感觉的含义。她恼恨她的灵魂里非但没有美德来提出抗议,却充满了软弱、怠惰和空虚,就跟喝醉酒的人那样,把一切都置之度外了。只是她心灵深处,隐约有那么一小块东西幸灾乐祸地讥诮道:"那你为什么不走掉呢?莫非就应当这样?是吗?"

她一面追究其中的含义,一面却不明白:为什么她不缩回手来,却听凭伊林像水蛭似的吸吮它?她何必跟伊林一起急急忙忙往左右两边看,提防外人瞧见呢?松树和白云一动也不动,严峻地瞧着,好比学校里的老职员明明看见学生胡闹,却因为收了贿赂,只好不去报告学校当局似的。哨兵在路基上站定,像根柱子,似乎在张望这张长椅。

"随他去看吧!"索菲雅·彼得罗芙娜暗想。

"可是……可是您听我说!"她终于说道,声音里带着绝望的调子,"这会闹出什么下场来呢?以后会怎么样呢?"

"我不知道,我不知道……"他小声说,挥着手,推开这些不愉快的问题。

这时候响起了火车头的沙哑刺耳的汽笛声。这种日常生活中的单调声音显得冷冰冰,突如其来,使得鲁比扬采娃全身一震。

"我没有时间……该走了!"她说,赶快站起来,"火车来了。……安德烈回来了!他要吃饭的。"

索菲雅·彼得罗芙娜把火烧般的脸往路基那边转过去。起初火车头慢慢地爬过来,紧跟着出现了车厢。这不是鲁比扬采娃猜想的那班送别墅住客回来的列车,而是一列货车。在教堂的白色背景上,那些车厢一个跟着一个,像人类生活中的岁月那样连成一条长线,陆续开过去,似乎没完没了!

不过后来列车终于走完,最后那节挂着灯的列车长车厢也消失在一片苍翠之中了。索菲雅·彼得罗芙娜猛地转过身,眼睛没瞧着伊林,很快地沿着林间通道走回去。她已经控制住自己。她羞得脸色通红,倒不是受了伊林的侮辱,不是的,却是受了她自己的懦怯,她自己的不知羞耻的侮辱,因为她这个有道德的、纯洁的女人,竟然容许别人抱住她的膝头。现在她专心想着一件事:赶快回到她的别墅去,回家去。律师在她后面几乎跟不上她。她从林间通道拐弯,走上一条狭窄的小径,回过头去很快地看他一眼,只瞧见他膝盖上的沙土,就向他挥一下手,要他离开她。

跑到家里,索菲雅·彼得罗芙娜在她的房间里呆站了大约五分钟,时而瞧着窗子,时而瞧着她的写字台。……

"坏女人!"她骂自己,"坏女人!"

她偏要跟自己捣乱,就索性仔仔细细、毫不隐讳地回想这些天来她如何反对伊林的追求,却又一心想去对他解释清楚,而且,每逢他在她脚边跪下,她心里总是格外舒服。她回想着这一切,毫不怜惜自己,羞得喘不过气来,恨不得连连打自己耳光才好。

"可怜的安德烈啊,"她暗想,极力使她的脸在她想起丈夫的时候现出十分温柔的神情,"瓦莉雅,我可怜的小女儿,你不知道你母亲是个什么样的人哟!你们原谅我吧,亲爱的!我非常爱你们……非常爱呀!"

索菲雅·彼得罗芙娜想对自己证明她还是好妻子和好母亲,邪魔还没侵袭到她对伊林说过的"家庭基础",就跑到厨房去,对厨娘大嚷一通,怪她不该至今还没给安德烈·伊里奇摆好餐具。她极力想象她丈夫疲劳饥饿的模样,嘴里说着怜惜他的话,亲自动手给他摆餐具,这却是她以前从没做过的。后来她找到她的女儿瓦莉雅,把她抱起来,热烈地搂在怀里。她觉得女儿沉甸甸,冷冰冰,可是她不愿意对自己承认这一点,却开始对她说明,她爸爸多么好,多么诚实,多么善良。

然而过了不久,安德烈·伊里奇回来了,她却几乎没跟他打招呼。那种不自然的感情的高潮已经过去,并没向她证明什么,反而由于虚假而惹得她生气,恼怒。她在窗旁坐下,痛苦而懊恼。人只有在困境中才能理解要做自己的感情和思想的主人是多么不容易。

索菲雅·彼得罗芙娜事后说,当时她心里"一团乱麻,很难理得清,就像极快地飞过一群麻雀,很难数得清有多少只似的"。比方说,她并不因为丈夫回来而高兴,也不喜欢他在吃饭时候的一举一动,由此她就忽然得出结论,认为她开始恨丈夫了。

安德烈·伊里奇又饿又累,无精打采,等不及菜汤端上来就吃开了腊肠,狼吞虎咽,嚼得很响,两鬓都在蠕动。

"我的上帝啊,"索菲雅·彼得罗芙娜想,"我爱他,尊敬他,可是……他嚼东西的样子为什么那样惹人讨厌?"

她的思想混乱得不下于她的感情。鲁比扬采娃如同那些要跟不愉快的思想作斗争却又没有经验的人一样,用尽全力不去想她的烦恼,然而她越是努力,她脑海里反而越是活生生地现出伊林的模样、他膝盖上的沙土、蓬松的浮云、列车。……

"我这个傻子,今天为什么要去呢?"她痛苦地暗想,"难道我是个把握不住自己的人吗?"

恐惧的眼睛是巨大的①。等到安德烈·伊里奇吃完末一道菜,她已经下定决心:索性对丈夫全都说穿,就此避开危险!

"我,安德烈,想跟你认真谈一下。"饭后,她看到丈夫脱掉上衣和皮靴,准备躺下休息,就开口说。

"什么?"

"我们离开这儿吧!"

"哦……到哪儿去?回城里去还嫌太早。"

"不,出外去旅行,或者别的这一类活动也成。……"

"旅行一趟……"公证人嘟哝说,伸个懒腰,"我自己也巴望旅行,可是上哪儿去找这笔钱呢?而且我把事务所托付给谁呢?"

他略为想一想,补充说:

---

① 意谓"越害怕就越感到危险"。

"确实,你闷得慌。要是你乐意的话,你就自己去吧!"

索菲雅·彼得罗芙娜同意了,然而她立刻想到伊林倒会为这个机会高兴,会跟她搭乘同一次列车,坐在同一个车厢里。……她思索着,瞧着她那吃饱肚子,可是仍然懒洋洋的丈夫。不知什么缘故,她的目光停留在他的脚上,那双脚小得很,几乎跟女人的脚一样,穿着花条的短袜,两个袜尖上都露出一根细线头。……

有一只丸花蜂在放下的窗帘里撞着窗玻璃,嗡嗡地叫。索菲雅瞧着细线头,听着丸花蜂叫,想象她在火车上的情景。……伊林会一天到晚坐在她对面①,目不转睛地瞧着她,怨恨自己软弱,痛苦得脸色惨白。他会说自己是个行为放荡的坏孩子,辱骂她,扯自己的头发,可是等到天色黑下来,趁旅客们睡熟或者出外到火车站上去,他就会在她面前跪下,抱紧她的腿,就跟刚

---

① 原文为法语。

才在长椅那边一样。……

她忽然醒悟过来,明白自己在胡思乱想。……

"你听我说,我不一个人去!"她说,"你得跟我一起去!"

"你胡想,索福琪卡①!"鲁比扬采夫叹道,"人得严肃点,只希望那些可能办到的事才好。"

"你知道了是怎么回事,就会去的!"索菲雅·彼得罗芙娜暗想。

她决定非走不可,于是感到脱离危险了。她的思想渐渐恢复正常,她高兴起来,甚至放任自己去想各式各样的事。不管怎样想,不管怎么胡思乱想,都无所谓,反正就要走了!她丈夫睡熟后,黄昏渐渐来临。……她在客厅里坐下,弹钢琴。黄昏时分窗外热闹起来,她听着音乐声,特别是想到自己聪明能干,已经把一件麻烦事应付过去,她的心情就完全欢畅了。

---

① 索菲雅的爱称。

她那平静的良心对她说:换了别的女人处在她的地位,多半会难以自持,晕头转向,她呢,却羞得要命,心里痛苦,如今正在逃脱危险,而且说不定那种危险根本就不存在!她的美德和果断使她深受感动,她甚至照了三次镜子。

等到天色大黑,客人就来了。男人们在饭厅里坐下来打牌,女人们占据了客厅和露台。来得最迟的是伊林。他神色悲哀,闷闷不乐,仿佛生了病。他在一张长沙发的角落上坐下,整个傍晚就此没站起来过。他平素是兴高采烈,谈笑风生的,可是这一回却始终沉默不语,皱起眉头,不时搔几下眼睛四周的皮肤。每逢他不得不回答别人问的话,他总是只动一下上嘴唇,勉强笑笑,简短地回答几个字,带着一股怨气。他大约有五次说俏皮话,然而那些俏皮话一说出口,却尖刻伤人。索菲雅·彼得罗芙娜觉得他快要发歇斯底里了。直到现在,她在钢琴旁边坐着,才第一次清楚地领会到这个不幸的人是认真对待这件事的,他心里真正有病,站也不是,坐也不是。为了她,他在毁掉事业,毁掉青春的最好岁月,把最后一点钱都用在别墅上,撇下母亲和妹妹无人照管,然而最糟的是他跟自己不住苦斗而筋疲力尽了。即使出于单纯的、普通的仁爱心,也应该认真对待他了。……

这一切她了解得清清楚楚,连她的心都痛了。如果这时候她走到伊林跟前去,对他说一声"不行",那么她的声音就会具有一种使人很难违抗的力量。可是她没有走过去,也没有说那句话,再者她也根本没有往这方面想。……在她身上,年轻人的浅薄和利己主义似乎从来也没像今天傍晚这样厉害地表现出来过。她领会到伊林不幸,坐在长沙发上就跟坐在针尖上一样,她为他难过,然而同时,有一个爱她爱到了痛苦不堪的人在座,却又使她十分得意,体会到自己的力量。她觉得自己年轻,美丽,高不可攀,于是她(好在她已经决定走了!)在这天傍晚索性纵情欢笑。她就卖弄风情,笑个不停,唱得特别动情,很有味道。一切都使她高兴,她觉得样样事情都可笑。她想起长椅那边的情景,想起那个瞭望的哨兵,都觉得好笑。客人们、伊林的伤人的俏皮话、他领结上那个以前她从没见过的别针,都惹得她发笑。那个别针做成红色小蛇的形状,眼睛上镶着钻石。她觉得这条小蛇那么可笑,恨不得凑过去吻它几下才好。

索菲雅·彼得罗芙娜激动地唱着抒情歌曲,仿佛喝得半醉似的,声调有点激昂。她好像要嘲笑别人的愁苦,专唱些悲凉忧郁的曲子,唱词里讲到破灭的希望、往事、老年。……"老年啊,一步步逼近……"她唱道。可是老年跟她有什么相干呢?

"我好像有点不对头……"她在欢笑声和歌唱声中偶尔暗想。

十二点钟客人们走散了。最后走的是伊林。索菲雅·彼得罗芙娜还有足够的勇气把他送到露台的末一层台阶。她想对他说明她就要跟她丈夫一起走了,看一看这个消息会对他产生什么影响。

打 赌 集

月亮藏在浮云里,然而天色还是很亮,索菲雅·彼得罗芙娜看得见风在戏弄他的大衣底襟和露台的帷幔。她还可以看见伊林脸色苍白,撇着上嘴唇勉强微笑一下。……

"索尼雅①,索尼雅……我亲爱的女人!"他喃喃地说,不容她开口讲话,"我的宝贝儿,亲人!"

他情意缠绵,说话声里带着哭音,对她吐露许多亲热的字眼,一个比一个温柔,对她已经用"你"称呼,就跟对待妻子或者情妇一样了。出乎她的意外,他忽然伸出一条胳膊搂住她的腰,另一只手抓住她的胳膊肘。

"亲爱的,我的美人儿……"他喃喃地说,吻她脑后的颈项,"你诚恳点,马上到我那儿去吧!"

她从他怀里挣脱出来,昂起头,想大发脾气,发泄她的激怒,可是结果她没有发怒,她那些值得称赞的美

---

① 索菲雅的爱称。

德和纯洁却只能使她说出凡是普通女人在同类情况下所常说的那句话:

"您疯了!"

"真的,我们走吧!"伊林继续说,"我刚才在长椅那边,就已经相信您,索尼雅,跟我一样软弱了。……您也躲不过去! 您爱我,目前却白费劲地跟您的良心争论。……"

他看出她要离开他,就抓住她的花边袖口,很快地把话说完:

"不是今天就是明天,反正您会认输的! 那又何必拖延时间呢? 我宝贵的、亲爱的索尼雅,既然已经判了刑,又何必推迟执行呢? 何苦自己欺骗自己呢?"

索菲雅·彼得罗芙娜抽身躲开他,溜进门去。她回到客厅里,随手盖上钢琴,久久地瞧着乐谱上的小饰图,坐下来。她已经站不住,也没法思索了。……她先前那么兴奋活泼,这时候却只剩下可怕的衰弱,以及懒散和苦闷了。她的良心悄悄对她说,她今天傍晚的举动不得体,愚蠢,活像个疯疯癫癫的傻丫头,又说她刚才在露台上让人搂住,甚至现在她腰上和胳膊肘那儿还觉得有点不对劲。客厅里一个人也没有,只点着一支蜡烛。鲁比扬采娃在钢琴前面的圆凳上坐着,一动也不动,仿佛等着什么事。一种强大而无法抗拒的欲望,似乎趁着天黑,趁着她感到极度疲乏,一步步把她抓紧。它好比一条大蟒,缠紧她的四肢和灵魂,随时在长大,再也不像先前那样威胁她,却赤身露体,明明白白立在她面前了。

她坐了半个钟头,呆然不动,没有拦阻自己去思念伊林。随后她懒散地站起来,慢慢走到寝室去。安德烈·伊里奇已经躺在床上。她在敞开的窗子旁边坐下,听凭欲望煎熬她。她头脑里的"混乱"已经不复存在,她的全部感情和思想已经和谐一致地围绕着那唯一的、清楚的目标了。她本来打算挣扎一下,可是立刻摇一摇手,算了。……她现在才明白敌人是多么有力和顽强。为了对它作斗争,就得有力量,就得坚定,可是她的出身、教育、生活却没有给她什么可以倚仗的东西。

"不道德的女人！坏女人！"她为自己缺乏力量而痛斥自己，"原来你是这样的人？"

她这种软弱玷辱了她的清白，这使她极其恼火，她用尽她所知道的种种骂人字眼辱骂自己，对自己说出许多刻薄难听的真话。例如，她对自己说，她从来就不是有道德的女人，以前所以没有堕落，无非是因为一直缺乏机会罢了，她又说，今天她这一整天的斗争是可笑的，无异于一出喜剧。……

"就算你斗争过吧，"她想，"可是这算是什么斗争！就连卖淫的女人在卖淫以前也要斗争的，不过临了还是去卖淫。好一个斗争：像牛奶一样，一天之内就结成块了！一天之内啊！"

她揭穿自己说，驱使她离开家庭的并不是感情，也不是伊林这个人，而是在前面等待她的旖旎风光。……她像许多人一样，是个住在别墅里闲着没事

打 赌 集

做的太太!

"'当小鸟的母亲被打死的时候。'"窗外有人用沙哑的男高音唱道。

"要是去的话,现在就该去了。"索菲雅·彼得罗芙娜暗想。她的心突然跳得厉害。

"安德烈!"她几乎大叫起来,"你听我说,我们……会一块儿走吧?是吗?"

"哦。……我已经跟你说过:你自己一个人去吧!"

"可是你听着……"她费力地说,"要是你不跟我一块儿走,你就有失掉我的危险!我……似乎已经在……恋爱了!"

"爱上谁了?"安德烈·伊里奇问。

"对你来说,不管爱上谁反正都一样!"索菲雅·彼得罗芙娜叫道。

安德烈·伊里奇坐起来,让两条腿在床边垂下去,惊讶地瞧着妻子的黑身影。

"想入非非!"他说,打了个呵欠。

他不信,可是他仍然害怕。他沉吟一下,对妻子提出几个无关紧要的问题,然后讲他对家庭,对负情的见解……他无精打采地讲了十分钟左右,就睡下了。他的箴言没有奏效。世界上的见解是很多的,可是其中倒有一大半都是那些没经历过烦恼的人想出来的!

尽管时间已经很晚,窗外却还有别墅住客们在走动。索菲雅·彼得罗芙娜披上一件薄斗篷,站了一会儿,想一想。……她还有足够的果断对她那昏昏睡去的丈夫说:

"你睡着了吗？我去散散步。……你愿意跟我一块儿去吗？"

这是她最后的希望了。她没有得到回答,就走出去。外面有风,空气清爽。她既没感到风,也没觉得天黑,只顾往前走。……那种无法抗拒的力量催逼着她,似乎她一停下来,它就会推她的后背似的。

"不道德的女人!"她随口嘟哝说,"坏女人!"

她呼呼地喘气,羞得脸上发烧,感觉不到下身有两条腿了,然而那种推着她往前走的力量,却比她的羞耻心,比她的理智,比她的恐惧强大得多。

头等客车乘客

有一个头等客车乘客刚刚在火车站上吃过饭,这时候略微带点醉意,在丝绒长沙发上躺下,舒服地伸个懒腰,开始打盹。他睡了不过五分钟光景,就睁开油亮的眼睛瞧着他的对面①,笑着说:

"我那已故的父亲,吃过饭后,总喜欢叫个农妇来搔他的脚后跟。我完全像他,所不同的只是我每次吃过饭后要搔的不是脚后跟,而是舌头和脑筋。我这个

---

① 原文为法语。

打 赌 集

有罪的人,吃饱了肚子就喜欢闲聊一阵。您允许我跟您谈谈天吗?"

"奉陪。"对面的乘客说。

"对我来说,美餐一顿以后,只要有一星半点的理由,就足以使得我头脑里生出重大无比的思想。比方说,先生,刚才我跟您在食堂柜台附近看见两个青年人,您听见其中的一个祝贺另一个成了名。'我祝贺您,'他说,'您已经出了名,开始有声望了。'显然,他们是演员或者小报的撰稿人。然而问题不在这儿。现在,先生,使我发生兴趣的是这样一个问题:所谓名气或者声望究竟是什么意思?您是怎样看的?普希金把声望说成破衣服上一块花花绿绿的补丁①,我们都是按普希金的方式,也就是或多或少以主观的态度来理解它的,然而至今还没有人对这个词下过一个清楚而

---

① 引自俄国诗人普希金的诗《书商和诗人的谈话》(1824)中书商的话:"声望是什么? 歌手的破烂衣衫上一块花花绿绿的补丁。"——俄文本编者注

合乎逻辑的定义。我倒情愿付出很高的代价来寻求这样的定义呢!"

"您为什么这样需要它呢?"

"您要明白,如果我们知道声望是什么,我们或许也就知道成名的方法了,"头等客车乘客沉吟一下说,"必须对您说明一下,先生,当初我年轻的时候,一心一意想成名。扬名天下成了我的所谓魔怔。为了成名,我学习,工作,通宵不睡,吃得很少,作践了身体。要让我公平地下一句断语,那么,我似乎具备成名的一切条件。第一,我在职业上是工程师。我活到现在,已经在俄国造了大约二十座宏伟的桥,在三个城市铺过水管,在俄国、英国、比利时……工作过。第二,我写过许多专业论文,都涉及我的本行。第三,我的先生,我从小喜爱化学。我利用闲暇时间研究这门科学,发明了取得某些有机酸的方法,因此您会在国外一切化学教科书里找到我的姓名。我一直在机关里任职,已经升到四等大官,而且我的履历是毫无污点的。我不想再列举我的劳绩和工作来冒渎清听了,我只想说一句,我的成就远比别的名人多。可是怎么样呢?喏,现在我已经老了,可以说准备入土了,可是我的名气也就跟眼前在路基上奔跑着的那条黑狗不相上下。"

"何以见得呢?或许您也出名了。"

"嗯!……那我们现在就来试试看。……您说吧,您以前可曾听见过克利库诺夫这个姓!"

对面的乘客抬起眼睛望着天花板,想一想,笑起来。

"不,没有听见过……"他说。

"这就是我的姓。您是知识界的人,又上了年纪,却从来也没听人说起过我,这正是一个有说服力的证据!显然,我只是求名心切,可是我的做法完全不对。我一直不知道真正的方法,我想揪住名声的尾巴,然而却走错路了。"

"那么真正的方法该是怎样的呢?"

"鬼才知道!您说说看:要有才能?有天才?超

凡入圣？完全不对，我的先生。……有些人跟我在同一个时代生活，跟我相比都只能算是些浅薄、渺小，甚至卑鄙的人，结果却飞黄腾达了。他们做的工作及不上我的千分之一，从没下过苦功，也不见得有才能，也没有求名的心，可是您瞧瞧他们！他们的姓名不断在报纸上和谈话里出现！如果您听着不嫌厌烦，我就举个例子来说明一下。几年前我在某城造桥。我得对您说明，那个糟糕的小城乏味透了。要不是有女人和纸牌，我似乎要发疯了。嗯，反正事情已经过去，说说也不妨，总之，我闷得慌，就跟一个歌女姘居了。鬼才知道她是怎么回事，所有的人都赞叹这个歌女，可是依我看来……该怎么对您说好呢？……她其实是个普通的俗物罢了，像那样的人多得很。这个丫头浅薄，任性，贪得无厌，同时又是个蠢货。她吃得多，喝得多，一觉睡到下午五点钟才醒，此外似乎就什么也说不上了。人家把她看做妓女，这也正是她的职业，不过每逢人们有意用文雅的言辞说到她，就把她叫做女演员或者女歌唱家。从前我是个热爱戏剧的人,因此这种以女演员称号欺世盗名的把戏,鬼才知道惹得我多么愤慨!我的歌女没有一丝一毫的权利自称为女演员以至女歌唱家。这个人完全没有才能,缺乏感情,甚至不妨说,一无可取。按我的看法,她唱得难听,她的'艺术'的妙处全在于她到必要的时候能把腿扬得高高的,遇到有人走进她的化妆室,她能不羞不窘。她照例选中由外语翻译过来的轻松喜剧上演,戏里有歌可唱,还可以穿上男人的衣服,紧箍在身上,出一出风头。一句话,呸!好,先生,我请您注意地听下去。据我至今记得,临到新桥落成,我们那儿举行过一次盛大的通车典礼。有祈祷式,有演讲,还发了电报,等等。我呢,您知道,在我的产儿身旁走来走去,老是担忧我那颗心会由于我是造桥人而激动得炸开来。反正这是过去的事了,我也不必假意谦虚,我索性对您说吧,我那座桥造得出色极了!那不是桥,而是一幅画,看得人神醉心迷!全城都来参加通车典礼,那你怎能不兴奋!'好,'我心想,'这样一来,众人的眼睛就要一齐盯住我看了。这叫我躲到哪儿去才好?'可是,我的先生,我白担心了,唉!除了官方人士以外,根本就没有人把我放在心上。岸上站着一群人,像山羊似的瞧着那座桥,至于桥是谁造的,他们不闻不问。见他们的鬼!顺便说一句,从那时候起我就痛恨我们这些最可敬的公众了。不过我要接着说下去。忽然,公众激动起来,人声鼎沸。……他们脸上绽开了笑容,肩膀活动起来。'他们必是瞧见我了。'我暗想。哪有这种事,痴心妄想!我一瞧,原来我的歌女挤进人群来了,身后跟着一大帮浪荡子弟。人群的目光急忙跟住这个行列不放。大家七嘴八舌地小声议论起来:'她就是某某人。……可爱得很!迷人啊!'这时候人家也注意到我了。……有两个后生,大概是当地的舞台艺术爱好者吧,瞅了我一阵,互相看一眼,小声说:'他就是她的情夫哩!'试问您听了是什么滋味?还有一个其貌不扬的人,头戴高礼帽,很久没刮过脸,在我身边站了很久,一会儿用这只脚支住身子，一会儿又换那只脚。后来他转过身来对我说：

"'您知道在对岸走的那个女人是谁吗？她就是某某人。……她的嗓音很差，不值一提，不过她倒把它运用得挺巧妙！……'

"'您能告诉我，'我问这个其貌不扬的人说，'这座桥是谁造的吗？'

"'说真的，我不知道！'这个人回答说，'总是一个什么工程师吧！'

"'那么你们城里的大教堂，'我问，'是谁造的呢？'

"'这我也说不上来。'

"随后我又问，城里大家认为最好的教师是谁，最好的建筑师是谁，其貌不扬的人对我提出的问题一概回答说不知道。

"'那么劳驾，请您告诉我，'最后我问道，'那个女歌唱家跟谁姘居？'

"'跟一个叫克利库诺夫的工程师。'

"是啊,我的先生,您听了是什么滋味?不过,我接着往下讲。……中世纪游唱歌手和俄罗斯古代歌手在当今世界上已经不复存在,如今名声几乎全要靠报纸来制造了。大桥落成典礼后第二天,我就贪婪地拿起当地的《先驱报》,在那上面寻找有关我的事。那张报纸一共有四版,我翻来覆去看了很久,最后总算找到了:喏,这就是!好哇!我开始阅读:'昨日举行新桥落成典礼,天气晴和,人如潮涌,并有省长大人某某及其他政府人员出席,等等。'结尾是:'又天才女演员某某,素为我城公众之宠儿,亦光临参加典礼,美艳动人,全场为之轰动,自不待言。该明星身穿……'等等。关于我,却只字不提!半个字也没有!说来也许无聊,不过信不信由您,当时我简直气得要哭!

"我就安慰自己说,内地人是愚蠢的,对他们不必苛求。要成名,就要到智力活动中心,到京城去。正巧当时我有一篇论文在彼得堡,是送去参加竞赛的。竞赛的时期快要到了。

打 赌 集

"我就跟这个城告别,坐上火车到彼得堡去。从这个城到彼得堡,有很长的一段路程。喏,为了不致烦闷无聊,我就在火车里定了一个单间,而且……当然,把歌女也带去了。我们坐上火车,一路上吃东西,喝香槟,哇哇地唱歌。后来我们到了智力活动中心。我正好在竞赛那天赶到,而且,我的先生,我荣幸地庆祝我的胜利,原来我的论文获得头奖了。乌拉!第二天我到涅瓦大街,花了七十戈比,把各家报纸统统买全。我赶紧回到我的旅馆房间里,在长沙发上躺下,按捺住我的颤抖,赶紧看报。我翻看一份报纸,什么也没有!我再翻看一份,还是一无所获!最后我在第四版上看到这样一条消息:'昨日著名内地女演员某某乘特别快车抵达彼得堡。我们愉快地发现,南方气候对于我们熟悉的这位女演员颇有裨益,她美妙的舞台风度……'下面的话我就记不得了!在这条消息底下很低很低的地方用极小的铅字刊登了一行:'昨日某竞赛会上某工程师获头奖。'如此而已!而且我的姓也给印错了:应当是克利库诺夫,却成了克库利诺夫。这就叫智力活动中心啊。然而事情还不止于此。……一个月后我离开彼得堡,各报都争先恐后地议论'我们的举世无双、出神入化、才华盖世的女演员',而且已经不称呼我的情妇的姓,却称呼她的本名和父名①了。……

"过几年后我到了莫斯科。我是由市长写了亲笔信请去的,为了承担莫斯科以及当地报纸已经喊叫了一百多年的一项工程。我用公余时间在当地一家博物馆里发表过五次公开演讲,目的在于为慈善事业筹款。这似乎足以使我在全城至少扬名三天吧,不是吗?可是,唉!莫斯科报纸不论是哪一家,都对我的演讲只字不提!什么火灾啦,小歌剧啦,睡觉的市议员啦,酒醉的商人啦,总之,样样事情都发表消息,唯独对我的工作、计划、演讲一声不响。可爱的莫斯科公众啊!我有

---

① 为了表示尊重。

打　赌　集

一回搭乘公共马车。……车上挤满了人,有上流女人,有军人,有男大学生,有高等女校学生,总之什么人都有。

"'据说市议会约请一个工程师来承担某项工程,'我对邻座的乘客说,声音响得全车都能听见,'您可知道这个工程师姓什么?'

"邻座的乘客否定地摇一下头。其余的乘客瞟我一眼,我从他们的目光看出他们似乎在说:'不知道。'

"'据说有个人在某博物馆发表演讲来着!'我抓住乘客不放,想攀谈一下,'据说讲得很有趣!'

"连一个点头的人也没有。显然,大家都没听过演讲,那些上流的太太甚至不知道有这样一家博物馆。这都还不算什么,可是,您猜怎么着,我的先生,突然间乘客们跳起来,扑到窗口去。怎么了?出了什么事?

"'您看,您看!'邻座的乘客推着我说,'您看见出租马车上坐着的那个黑发男子吗?他就是著名的赛跑

健将金①!'

"于是全车的人上气不接下气,纷纷议论当时轰动莫斯科的赛跑健将。

"我还可以给您列举许多别的例子,不过我看,举了这些也就够了。现在,姑且假定我对我自己的看法是错误的,我爱吹牛,其实庸庸碌碌,然而除我自己以外,我还可以给您举出我的许多同辈,他们都是才华出众、异常勤劳的人,却无声无臭地死了。所有那些俄国的航海家、化学家、物理学家、机械工程师、农学家,他们出名吗?我们这班受过教育的人知道俄国的画家、雕塑家、文学工作者吗?有一个老文学工作者,写作很勤,颇有才能,三十三年来踏破不少编辑部的门槛,写过鬼才知道多少张稿纸,为诽谤罪受审二十来次,可是他的名声仍然没有越出他的小窝!我们文学界的泰斗,您简直一个也举不出来,至多也只有因为决斗而丧

---

① 英国赛跑健将,1883年夏天曾在莫斯科表演。——俄文本编者注

打　赌　集

命,得了疯病,流放在外,或者打牌作弊才名扬天下的!"

头等客车乘客讲得那么起劲,弄得雪茄烟从嘴上掉下地,他就坐起来。

"是啊,先生,"他继续激烈地说,"跟那些人相对照,我却可以给您举出上百个各种卖唱的、卖艺的、演小丑的,他们的名字连吃奶的娃娃都知道。是啊,先生!"

车门吱扭一响,穿堂风吹进来,接着,一个人走进车厢里来,脸色阴沉,披着斗篷,戴着高礼帽和蓝色眼镜。这个人看一下所有的座位,皱起眉头,往前走去。

"您知道这人是谁吗?"从车厢远远的一个角落里传来胆怯的低语声,"他就是某某人,著名的图拉省骗子,由于某银行一案受过审。"

"您瞧瞧!"头等客车乘客说,笑起来,"图拉省的骗子他倒知道,可是您问他知不知道谢米拉茨基①、柴

---

① 谢米拉茨基(1843—1902),俄国画家。——俄文本编者注

可夫斯基,或者哲学家索洛维约夫,他就要对您不住摇头了。……糟糕透了!"

在沉默中过了三分钟光景。

"请您容许我反过来对您提出一个问题,"对面的乘客说着,胆怯地噉喉咙,"您可知道普希科夫这个姓?"

"普希科夫?哦!……普希科夫。……不,我不知道!"

"这就是我的姓……"对面的乘客腼腆地接着说,"那么您不知道?我在俄国一所大学里已经当了三十五年教授……而且是科学院院士,先生……我发表过不止一篇论文呢。……"

头等客车乘客和对面的乘客互相看一眼,不禁扬声大笑。

艺 术 品

萨沙·斯米尔诺夫,他母亲的独生子,腋下夹着一件东西,用第二二三号《交易所新闻》①包着,露出愁眉苦脸的神情,走进柯谢尔科夫医生的诊室。

"啊,可爱的小伙子!"医生迎着他说,"嗯,身体怎么样?有什么好消息告诉我吗?"

萨沙开始眨巴眼睛,把手按住心口,用激动的声调说:

---

① 莫斯科的报纸名。

"我妈妈问候您,伊凡·尼古拉耶维奇,吩咐我向您道谢。……我是母亲的独根苗,您救了我的命……治好我的重病。……我俩都不知道该怎样向您表示谢意才好。"

"得了,小伙子!"医生插嘴说,快活得浑身发软,"我所做的不过是别人处在我的地位也会做的事。"

"我是我母亲的独根苗。……我们是穷人,当然,没法报答您出的力……我们很难为情啊,大夫,不过呢,妈妈和我……我母亲的独根苗,恳切地要求您收下我们的谢礼……喏,就是这个东西……它很贵重,是古铜的……珍贵的艺术品。"

"不要这样!"医生皱起眉头说,"哎,这是何必呢?"

"不,劳驾,您千万不要推辞,"萨沙继续嘟哝说,打开纸包,"您不收,就伤了我和妈妈的心。……这东西很好……是古铜的。……这是去世的爸爸传给我们的,我们一直保存着,当作贵重的纪念品。……我爸爸

打 赌 集

收买古铜器,转卖给爱好古董的人。……现在妈妈和我也干这个行当。"

萨沙拆开这件东西的纸包,郑重地把它放在他的桌子上。这是个不高的古铜大烛台,艺术品。那上面雕着人像:有两个全身的女人立在台座上,装束得跟夏娃一样①,至于描写她们的姿态,我却既缺乏勇气,又缺乏适当的气质。那两个女人撩人心弦地微笑着,总之从外貌来看,要不是她们必须支撑烛台,似乎就会从台座上跳下来,在房间里打打闹闹,可是那样的情景,读者诸君,就连想一下都是不成体统的。

医生看着礼物,慢腾腾地搔着耳背,嗽一下喉咙,游移不决地擤鼻子。

"是啊,这东西确实挺好,"他支吾道,"不过……怎么跟您说好呢,未免……未免太不文雅了。……这比不得穿露胸衣服的女人,鬼才知道这是什么

---

① 即赤身露体。

东西。……"

"您怎么这样讲呢?"

"就连诱惑人的蛇精也想不出比这再糟的模样了。是啊,在桌上摆这么一个妖形怪状的东西,就把整个住宅都弄得乌烟瘴气了!"

"您,大夫,对待艺术的态度多么奇怪啊!"萨沙不高兴地说,"要知道这是艺术品,您瞧嘛!那么美丽,那么优雅,使人的心里充满敬仰的感情,泪水禁不住涌上喉头!见到这样的美,就会忘掉人世间的一切。……您瞧,多么活泼,什么样的气氛,什么样的神韵啊!"

"所有这些我都非常明白,我亲爱的,"医生打断他的话说,"可是要知道,我是个有妻子儿女的人,我房里常有孩子跑来跑去,也常有太太小姐们光临。"

"当然,如果用世俗的眼光来看,"萨沙说,"那么,当然,这个具有高度艺术性的作品就变成另一种东西了。……不过,大夫,您应该比俗人站得高些,特别是因为您不肯收,就深深伤了我和妈妈的心。我是我母亲的独根苗……您救了我的命。……我们把我们认为最宝贵的东西送给您了。……只有一点我觉得惋惜:大烛台只有一个,没法配成一对。……"

"谢谢,好朋友,我很感激。……请您问候妈妈,不过,说真的,您自己来判断一下吧:我这儿常有孩子跑来跑去,常有太太小姐们光临。……是啊,不过呢,就把它留在这儿吧!反正跟您是讲不通的。"

"本来就用不着多讲嘛,"萨沙高兴地说,"您把大烛台放在这儿,喏,放在花瓶旁边好了。真是可惜:没有配成对!太可惜了!好,再见,大夫。"

萨沙走后,医生久久地瞧着大烛台,搔着耳背,沉思不语。

"这东西好得很,这是无须争论的,"他想,"丢掉未免可惜。……可是留下也不行。……嗯!……这就成了难题!该把它送给谁,或者捐给谁呢?"

他沉思很久,想起他的好朋友乌霍夫律师给他办过事,他还欠着律师的情。

"好极了,"医生暗自决定,"他既是我的朋友,就不好意思收我的钱,要是我把这个东西送给他,倒很合适。那我索性把这个鬼东西送给他吧!恰巧他是个单身汉,而且对这种事又满不在乎。……"

医生没有把这件事推到以后去办,他穿上外衣,拿着大烛台,到乌霍夫家去了。

"你好,朋友!"他发现律师在家,就说,"我来找你。……你为我出过力,我是来对你表一表谢意的,老兄。……你不肯要钱,那么,喏,你至少收下这个东西吧……瞧,老兄。……这东西可真美!"

律师见到这个东西,说不出的高兴。

"原来是这么一个玩意儿!"他大笑道,"啊,见它的鬼,这是魔鬼才想得出的玩意儿!妙极了!迷人啊!你是从哪儿弄来这么一个可爱的东西的?"

律师先还喜之不尽,后来却战战兢兢地瞅着门口,说:

"不过你,老兄,把你的礼物拿走吧。我不能收。……"

"为什么?"医生惊恐地说。

"因为……我母亲和托我打官司的人常上我这儿来……再者我也不好意思叫仆人看见。"

"不行,不行……不准你推辞!"医生摇着手说,"这你就太不对了!这是艺术品……那么活泼……传神。……我都不愿意再说了!你要惹我生气了!"

"至少也该给它涂上点颜色,或者挂上点小小的无花果叶子。……"

可是医生越发使劲地摇手,从乌霍夫的寓所跑出来,想到礼物总算脱了手,很满意,就坐车回家了。……

他走后,律师瞧着大烛台,伸出手指头去把它前后左右都摸一阵,后来也像医生那样,为一个问题绞尽脑汁,想了很久:该怎么处置这个礼物呢?

"这东西挺好,"他想,"丢掉是可惜的,留下来又不像样。最好把它送给别人。……那就这么办,今天傍晚我索性把这个大烛台送给喜剧演员沙希金吧。那个坏包喜欢这类东西,再者今天正碰上他的福利演出场。……"

他说到做到。当天傍晚,大烛台就给包得严严实实,送到喜剧演员沙希金那儿去了。整个傍晚喜剧演员的化装室里涌进许多男人,特意来欣赏那个礼物。化装室一直充满兴奋的叫声和类似马嘶的笑声。要是有个女演员走到房门跟前来,问一声:"可以进来吗?"喜剧演员的沙哑的声调就立刻响起来:

"不行,不行,亲爱的!我没穿好衣服!"

散戏后,喜剧演员耸起肩膀,摊开手说:

"喏,我把这个劳什子放到哪儿去呢?我是住在别人的住宅里啊!女演员常上我那儿去!这又不是照片,可以藏在抽屉里!"

"您,先生,把它卖了吧,"理发师正帮着喜剧演员脱掉戏装,就出主意说,"这儿城郊住着一个老太婆,收买古铜器。……您去一趟,找斯米尔诺娃就行。……大家都认得她。"

喜剧演员听从了他的话。……过了两天光景,医生柯谢尔科夫在诊室里坐着,把一个手指头放在额头上,正在思索有关胆酸的问题。突然房门开了,萨沙·斯米尔诺夫冲进诊室里来。他满面笑容,神采焕发,整个身子露出幸福的气派。他手里拿着一个东西,用报纸包着。

"大夫!"他上气不接下气地开口说,"您想想我的高兴劲吧!说来也是您走运,我们总算给您的大烛台配成了对!……妈妈快活极了。……我是母亲的独根苗。……您救了我的命。……"

萨沙由于满心感激而发抖,把一个大烛台放在医生面前。医生张开嘴,原想说一句话,可是什么也没说出来:他的舌头僵住了。

哥 萨 克

别尔江城的平民,尼扎田庄承租人玛克辛·托尔恰科夫,带着他年轻的妻子走出教堂,抱着一个刚刚受过复活节圣礼的圆柱形大面包坐上马车,走了。太阳还没有升起来,不过东方已经现出火红和金黄的霞光。四下里静悄悄的。……鹌鹑咕噜咕噜地叫着,那声音像是说:"去喝酒!去喝酒!"远处一个小冈的上空,有一只鹰在飞翔,此外,整个草原上就一个活东西也看不见了。

托尔恰科夫坐在马车上,心里想:再也没有一个节日比基督复活节更好,更使人快乐的了。他不久以前刚结婚,如今正跟他的妻子过头一个复活节。不管他看到什么东西,也不管他想什么,他觉得一切都光明、欢乐、幸福。他想起他经营的农务,觉得一切都圆满,家里的摆设也好到不能再好,样样齐备,一切都称心。他瞧着他的妻子,也觉得她美丽,善良,温柔。东方的朝霞啦,嫩绿的青草啦,他那辆颠簸而吱吱叫的马车啦,一概使他高兴,就连那只沉甸甸地扇动翅膀的鹰也使他喜欢。等到他在半路上停下来,跑进酒店,吸一根纸烟,喝一小杯酒,他就变得越发快活了。……

"大家都说,这个日子是伟大的!"他说,"你看,真是伟大!你等着,丽扎,太阳马上就要开始跳动。每年复活节它都跳动!它也像人一样高兴呢!"

"它可不是活东西。"他妻子说。

"可是太阳上头有人!"托尔恰科夫叫道,"真的,确实有人!伊凡·斯捷潘内奇对我说过,所有的行星上,不论是太阳上或者月亮上,都有人!真的。……也许那些学者在胡扯,鬼才知道他们是怎么回事!慢着,好像有一匹马站在那儿!果然有!"

离家还有一半路,在名叫"歪谷"的地方,托尔恰科夫和他妻子看见一匹备好鞍子的马,站在那儿不动,闻着泥土。路旁土墩上,坐着个红头发的哥萨克,弯着腰瞧自己的脚。

"基督复活了!"①玛克辛对他叫道。

"基督真的复活了。"哥萨克回答,没有抬起头来。

"你到哪儿去?"

"回家去,度假期。"

"那你为什么坐在这儿?"

"喏……我病了。……我走不动了。"

"你害的是什么病?"

"周身酸痛。"

"哦……这可伤脑筋!人家在过节,你却生了病!

---

① 基督徒在复活节那天的问候语。

打　赌　集

那你应该到村子里或者客栈里去歇一歇,干吗这么坐着呢?"

哥萨克抬起头来,用疲乏的大眼睛瞧着玛克辛、他妻子、那匹马。

"你们是从教堂里来吗?"

"是从教堂里来。"

"我却在路上过节。这是上帝不许我赶到家。我倒想骑上马,立刻赶回去,可是没有力气了。……你们,正教徒们,拿点受过圣礼的面包给我这个过路人吃,好让我也开斋①吧!"

"复活节面包吗?"托尔恰科夫问,"那可以,没什么。……等一等,我马上拿给你。……"

玛克辛赶快在衣袋里摸索,看一眼他的妻子,说:

"我没有带小刀,没法切开。把它掰开却不合适,那会把整个面包都弄坏的。这成了难题!你找一找,

---

①　按基督教习俗,复活节前的40天须持斋。

你那儿有小刀没有?"

哥萨克勉强站起来,走到鞍子那儿去取小刀。

"亏你想得出!"托尔恰科夫的妻子生气地说,"我可不许你把这个面包切得乱七八糟!把切开来的面包带回家去,还成什么样子?哪有这样的事:在草原上开斋。你到村子里庄稼汉那儿去开斋好了!"

妻子从她丈夫手里夺过那个用白餐巾包好的圆柱形大面包,说:

"我不许你切!凡事总得有个规矩。这又不是普通的小白面包,而是受过圣礼的复活节面包,随便把它切开是罪过呀。"

"得,哥萨克,你开不成斋了!"托尔恰科夫说,笑起来,"我妻子不答应!再见吧,一路平安!"

玛克辛抖一抖缰绳,吧嗒一下嘴,马车就辘辘地往前驶去。他妻子还在数说:没有到家就把复活节面包切开是罪过,这不合规矩,干什么事都得看地点和时间。东方,初射出来的阳光正闪闪发亮,把松软的浮云染成不同的色彩。空中传来百灵鸟的歌声。在草原上空飞翔的鹰已经不是一只,而是三只了,彼此离得很远。太阳微微有点暖意,嫩草丛里的螽斯叫起来。

走出一俄里多地,托尔恰科夫回过头来,凝神看着远处。

"那个哥萨克看不见了……"他说,"这个人好可怜,怎么会突然在路上生病呢!再也没有比这更倒霉的了:本来应该赶路,可是没有力气了。……说不定他会死在路上。……丽扎薇达①,我们没有给他面包吃,可是也许应该给他才对。我看他也需要开斋嘛。"

太阳升上来,可是究竟阳光有没有闪耀,托尔恰科夫却没看见。一路上,他没说话,在想什么心事,眼睛没离开马的黑尾巴,就这样到了家。不知什么缘故,他心里发闷,胸中原有的那种节日的欢乐,已经一扫而空,好像本来就没有似的。

---

① 即丽扎。

他们回到家里，跟工人们互吻三次，借此庆贺复活节。托尔恰科夫又高兴起来，讲这讲那，可是等到大家坐下来开斋，各人拿到一块受过圣礼的面包，他就闷闷不乐地瞧着他的妻子，说：

"丽扎薇达，我们没让那个哥萨克开斋，这不好。"

"说真的，你简直是个怪人！"丽扎薇达说，惊讶地耸耸肩膀，"你从哪儿学来这种章法，把受过圣礼的面包在路上分给别人吃？难道这是普通的小白面包？现在这个面包已经切开，放在桌上了，谁要吃就可以吃，就连你那个哥萨克也尽管吃！难道我舍不得吗？"

"话是不错的，不过我怜惜那个哥萨克。要知道他比乞丐和孤儿都不如。流落在路上，离家很远，又有病。……"

托尔恰科夫喝下半杯茶，此外再也没有喝什么，吃什么。他不想吃东西，茶叶也不是滋味，跟青草一样。他又觉得心里闷闷的。

开斋后，他们上床睡觉。大约过了两个钟头，丽扎薇达醒过来,他却站在窗口,瞧着院子里。

"你已经起来了?"他妻子问道。

"不知什么缘故,睡不着。……唉,丽扎薇达,"他说,叹口气,"我和你亏待了那个哥萨克!"

"你又讲那个哥萨克!你老想着那个哥萨克。去他的。"

"他为沙皇效力,也许还流过血,可是我们对待他却跟对待猪一样。本来应当把他这个病人带回家来,给他吃喝,然而我们连一小块面包都不肯给他。"

"是啊,那样一来,我就让你把那面包糟蹋了,而且还是受过圣礼的面包!要是你跟哥萨克把它胡乱切开,我回到家来不是要急得干瞪眼?看你说的!"

玛克辛悄悄躲开他的妻子,走到厨房,拿块餐巾包好一块圆柱形面包和五个鸡蛋,走到板棚里去找工人。

"库兹玛,放下你的手风琴,"他对一个工人说,"给那匹枣红马或者伊凡契克备上鞍子,赶快到歪谷走一趟。那儿有个害病的哥萨克和一匹马,你就把这个拿给他。也许他还没走掉。"

玛克辛又高兴起来,可是等了几个钟头,还不见库兹玛回来,他就忍不住,给马备好鞍子,出去迎他。他在歪谷附近碰见他了。

"哦,怎么样?看见那个哥萨克了吗?"

"到处都找不着他。他多半走了。"

"哦……怪事!"

托尔恰科夫从库兹玛手里接过那包东西,骑着马再往前走。到了村子里,他问农民们:

"乡亲们,你们看见一个有病的哥萨克骑着马吗?他路过此地没有?他长着红头发,挺瘦,骑一匹枣红马。"

农民们互相看一眼,说他们没有看见。

"说实在的,往回走的邮车倒是打这儿路过来着,至于哥萨克或者别的什么人,却没见过。"

玛克辛回到家,正赶上吃午饭。

"那个哥萨克盘踞在我的脑海里,说什么也不走了!"他对妻子说,"他不容我消停。我一直在想,万一这是上帝要试探我们,打发一个天使或者圣徒扮成哥萨克的模样来见我们,那可怎么好?要知道,这种事是有的。丽扎薇达,我们不该亏待那个人!"

"你干吗拿那个哥萨克跟我纠缠不休?"丽扎薇达忍耐不住,叫起来,"像焦油似的粘住人不放!"

"不过你要知道,你不厚道……"玛克辛说着,凝神瞧她的脸。

这还是他婚后头一次发觉妻子不厚道。

"就算我不厚道好了,"她叫道,生气地用匙子敲一下桌面,"反正我不会把受过圣礼的面包分给酒鬼吃!"

"难道那个哥萨克喝醉了酒?"

"喝醉了!"

"你怎么知道?"

"他醉了嘛!"

"哼,蠢娘们儿!"

玛克辛勃然大怒,从桌旁站起来,开始指责他年轻的妻子,说她不仁慈,愚蠢。她呢,也勃然大怒,哭起来,走出去,回到卧室里,在那儿叫道:

"巴不得叫你那个哥萨克死了才好!你这个瘟神,少拿你那个臭哥萨克来找我的麻烦,要不然我就回到我爸爸那儿去!"

自从结婚以来,这还是托尔恰科夫头一次跟他妻子吵嘴。他在院子里走来走去,一直走到傍晚,始终想着他的妻子,想得心烦意乱。如今,在他的心目中,她显得恶毒,难看了。仿佛故意捣乱似的,那个哥萨克始终没有离开他的脑子,玛克辛好像时而看到他那对有病的眼睛,时而听到他说话的声音,时而看到他的步态。……

"唉,我们亏待了这个人!"他喃喃地说,"亏待了这个人!"

傍晚,天黑下来,他感到一种从未体验过的烦闷,简直受不了,恨不能上吊算了!他心里烦闷!恼恨他的妻子,就灌起酒来,如同从前没结婚的时候那样。他带着醉意用难听的字眼骂他妻子,对她嚷着说,她的面容恶毒、难看,明天他就把她赶回她父亲家里去。

过节的第二天早晨,他打算喝点酒解一解醉意,结果又大喝一通。

从此他的生活走下坡路了。

他们的马、牛、羊、蜂房在院子里陆续消失,他们的债务越积越多,他的妻子惹得他讨厌了。……所有这些灾难,照玛克辛的说法,都是因为他妻子恶毒而愚蠢,因为上帝为那个有病的哥萨克生了他和他妻子的气。……他越来越频繁地喝醉。他喝醉了就坐在家里发脾气,每逢清醒着,就到草原上走来走去,盼望能遇到那个哥萨克。……

信

教区监督司祭费多尔·奥尔洛夫神甫是个仪表端庄、保养得很好、年纪五十上下的男子。这时候他像平素那样威风而严峻,带着习以为常的、从不离开他脸的尊严神情,尽管精神已经十分疲乏,却在他小小的客厅里从这个墙角走到那个墙角,专心想着一件事:他的客人到底什么时候才会走呢?这个思想一分钟也不肯离开他,使得他焦急难过。他的客人阿纳斯达西神甫是本城附近一个村子里的司祭,三个钟头以前为自己的一件很不愉快而且乏味的事来找他,一直待着不走,此

打　赌　集

刻正坐在墙角一张小圆桌旁边,胳膊肘枕在一本厚厚的账簿上,虽然目前已经是傍晚八点多钟,却分明没有告辞的意思。

什么时候该沉默,什么时候该告辞,并不是每个人都识趣的。这种情形并不少见,就连俗世那些颇有教养的政界人士也会没有留意到他们的久坐已经在疲乏或者有事的主人心里引起一种类似憎恨的感情,主人正在把这种感情严密地掩藏起来,用虚情假意加以遮盖。不过阿纳斯达西倒看得很清楚,明白他的久坐惹人厌烦,很不合适,监督司祭昨天半夜就起来做晨祷,今天中午又做过很久的日祷,已经疲乏,想休息了。他随时都打算站起来告辞,可是他没站起来,仍旧坐在那儿,仿佛在等什么似的。他是个六十五岁的老人,衰迈得跟年龄不相称,瘦得皮包骨,背有点伛偻,面容消瘦,苍老得发黑,眼皮红红的,背脊又长又窄跟鱼一样。他穿一件漂亮的然而对他的身材来说过于肥大的淡紫色圣衣(这是最近一个年轻司祭的遗孀送给他的),套一件无袖的呢子长外衣,腰上系一根宽皮带,脚上穿一双笨重的皮靴,皮靴的大小和颜色清楚地表明阿纳斯达西神甫没有套靴。尽管他担任教职,而且到了可敬的年龄,可是他那对发红的和昏花的眼睛,他后脑勺上白里带绿的小发辫,他瘦背上的大肩胛骨,都现出一副低声下气、战战兢兢的可怜样子。……他不说话,也没动弹,咳嗽起来十分小心,仿佛生怕咳嗽声会使人更注意到他在座似的。

老人是到监督司祭这儿来办正事的。两个月前他奉命停职,静候发落,他的案子正在查办中。他的罪过很多。他过着酗酒的生活,跟教士们和俗世的人们相处得不和睦,婴儿出生登记写得很乱,账目不清,这是他的正式罪状。不过,除此以外,长时期以来人们就谣传他贪图钱财而主持不合法的婚姻,把斋戒证书卖给从城里来找他的文官和军官。他穷,又有九个孩子要养活,而且他们都像他一样不走运,因此这种流言就传播得更加起劲。他那些儿子没受过教育,娇生惯养,什么事也不做,他那些相貌难看的女儿都没嫁出去。

监督司祭没有勇气直说出来,光是从这个墙角走到那个墙角,一言不发,或者讲些暗示的话:

"那么您今天不预备回家去了?"他问道,在乌黑的窗前站住,把小手指头伸到一只睡着的、羽毛竖起的金丝雀身上。

阿纳斯达西神甫打了个寒战,小心地咳嗽一声,很快地说:

"回家去?算了,不回去了,费多尔·伊里奇。您知道,我不能再任职,那么我在那儿还有什么事可做呢?我是故意走开的,免得瞧见那边的人难为情。您知道,不担任工作就不好意思见人了。再者我到这儿来是为了办事,费多尔·伊里奇。我打算明天开斋后跟办案的神甫详细地谈一谈。"

"哦……"监督司祭打个哈欠说,"那么您预备住在哪儿呢?"

"住在齐亚甫金家里。"

阿纳斯达西神甫忽然想起,再过两个钟头光景监督司祭就得去主持复活节晨祷,不由得为自己这种不受欢迎、令人不快的久坐感到羞愧,决定立刻告辞,让疲乏的人休息一下。老人就站起来,准备走出去,可是在告辞前,他咳嗽一阵,周身仍旧带着自己也说不清期望什么的神情,试探地看着监督司祭的后背,脸上闪着羞愧和胆怯的神情,嘴里吐出可怜巴巴的、硬逼出来的笑声,像那样的笑声是只有不尊敬自己的人才会发出来的。他仿佛下定决心似的摆一摆手,用嘶哑刺耳的声音说:

"费多尔神甫,请您索性大发慈悲,在我临走的时候吩咐人给我……一小杯白酒!"

"现在不是喝酒的时候,"监督司祭严厉地说,"人得有羞耻心才行。"

阿纳斯达西越发惶恐,连声赔笑,忘了回家去的决定,又往椅子上一坐。监督司祭瞧着他那狼狈忸怩的脸色,瞧着他那伛偻的身躯,怜惜这个老人了。

打 赌 集

"求上帝保佑,我们明天再喝吧。"他说,有意缓和他那严厉的拒绝,"凡事总是在合适的时候做才好。"

监督司祭是相信人会改过自新的,然而现在他心里一生出怜悯的感觉,就觉得这个遭到查办的、枯瘦的、被罪恶和衰弱缠住的老人已经山穷水尽,无可救药,人间再也没有一种力量能够使他的背直起来,能够使他的目光变得清亮,能够制止他为了多少减轻他给人留下的恶劣印象而故意发出的那种不愉快而又胆怯的笑声了。

这时候费多尔神甫不再觉得他是个有罪的、染上恶习的人,只觉得他是个受尽委屈和侮辱的不幸者了。监督司祭想起他的妻子、他的九个孩子、齐亚甫金家里又脏又破的高板床,不知什么缘故,他还连带想起有些人巴不得看见教士喝醉酒,长官遭检举,心想阿纳斯达西神甫目前所能做的最好的事,莫过于赶快死掉,永久离开人世了。

外面传来脚步声。

"费多尔神甫,您没有休息吗?"前厅里有个男低音问道。

"没有,助祭,进来吧。"

奥尔洛夫的同事留比莫夫助祭走进客厅来。这是个苍老的人,头顶已经完全光秃,不过身体倒还硬朗,头发乌黑,两道眉毛又浓又黑,像格鲁吉亚人一样。他对阿纳斯达西点一下头,坐下来。

"你有什么好消息吗?"监督司祭问他说。

"哪会有什么好消息?"助祭回答说。他沉默一会儿,接着笑吟吟地说:"孩子小,烦恼少;孩子大,烦恼多。费多尔神甫,事情真也怪,我怎么也想不通。简直是一出滑稽戏嘛。"

他又沉默一会儿,越发欢畅地微笑着,说道:

"今天尼古拉·玛特威伊奇从哈尔科夫城回来了。他对我讲起我的彼得。他说,他到彼得那儿去过两次。"

"那么他对你讲了些什么呢?"

打　赌　集

"他搅得我心里乱糟糟的,求主跟他同在吧。他原想叫我高兴,可是我仔细一想,并没有什么可高兴的。倒应当伤心才对,不应当高兴。……他说:'你的彼得鲁希卡①生活得很有气派。'他说:'我们高攀不上了。'我就说:'那要谢天谢地。'他又说:'我在他家里吃过饭,他的生活方式我全看见了。他的日子过得蛮神气。'他说:'好到没法再好了。'我当然很关心,就问他在那儿吃了些什么菜。他说:'先是一道用鱼做成的汤菜,有点像普通那种鱼汤,随后是一道牛舌加豌豆,随后,'他说,'是一道烤火鸡。'持斋的时候吃火鸡? 我说:'这可真叫人高兴呢。'大斋期间吃火鸡? 啊?"

"这有什么可奇怪的?"监督司祭说,讥诮地眯细眼睛。

他把两只手的大拇指塞在腰带里,挺直身子,用平

---

① 彼得的爱称。

时布道或者在县立学校对学生讲宗教课程的那种口气说:

"不肯持斋的人可以分成两种:一种人是出于轻浮,一种人是由于不信神。你的彼得不持斋是由于不信神。就是这么的。"

助祭胆怯地瞧着费多尔神甫严峻的脸色,说:

"后头还有更糟的呢。……我们东拉西扯,谈来谈去,我这才发现,原来我那不信神的儿子跟一位太太,跟别人的老婆同居了。她在他家里算是他的妻子和女主人。斟茶啦,待客啦等等的,她都干,就跟结发夫妻一样。他跟那条蛇已经一块儿鬼混两年多了。简直是一出滑稽戏。他们同居了三年,可是孩子却没有。"

"那么他们虽然住在一块儿,必是守着贞节呢!"阿纳斯达西神甫说,咯咯地笑,用嘶哑的声音咳嗽着,"孩子是有的,助祭神甫,有的,只是不养在家里罢了!送到育婴堂里去喽! 嘻嘻嘻。……"阿纳斯达西咳个不停。

"不要多管别人的事,阿纳斯达西神甫。"监督司祭严厉地说。

"尼古拉·玛特威伊奇就问他,在饭桌上盛汤的那位太太是谁?"助祭接着说,闷闷不乐地瞧着阿纳斯达西的伛偻的身子,"我儿子就对他说:'那是我的妻子。'他又问:'你们结婚很久了吗?'彼得回答说:'我们是在库利科夫糖果点心店里结的婚。'"

监督司祭的一对眼睛气得发亮,两边太阳穴发红。彼得这个人,撇开所犯的罪恶不说,本来就惹得他不高兴。费多尔神甫,如同俗语所说的,早就对他看不入眼了。他还记得彼得小时候做学生的情形,而且记得很清楚,因为那时候他就已经觉得彼得不正常。彼得做学生的时候不愿意到圣坛上来帮忙,每逢人家对他称呼"你",他就不高兴,走进房间来也不在胸前画十字,最使人忘不了的是他喜欢多说话,而且讲得激烈,依费多尔神甫看来,孩子多话是不成体统而且有害的。此外，监督司祭和助祭最喜欢钓鱼，彼得却看不起，采取批评的态度。等到彼得做了大学生，他就根本不进教堂，睡到中午才起床，对人高傲，喜欢带着特别的兴致提出一些难于解答的麻烦问题。

"可是你希望他怎么样呢？"监督司祭走到助祭跟前，气冲冲地瞧着他，问道，"你希望怎么样呢？这原在预料之中！我素来就知道而且相信，你的彼得成不了材！我早就对你说过，现在还要这样说。你原先播的是什么种，现在就收割什么！收割吧！"

"可是我播了什么种呢，费多尔神甫？"助祭轻声问道，眼光从下往上地瞧着监督司祭。

"这不怪你还怪谁？你是他的父亲，他是你的孩子！你得管教他，给他灌输敬畏上帝的思想。你得教导他！你们光是把他生下来了事，并没好好管教他。这是罪过！不好！可耻！"

监督司祭忘了疲乏，走来走去，接着讲下去。助祭光秃的头顶上和脑门上冒出一颗颗小汗珠。他抬起负

疚的眼睛看着监督司祭,说:

"可是话得说回来,难道我没管教他吗,费多尔神甫?求上帝怜悯,难道我对孩子没负起做父亲的责任吗?您自己也知道,为了他,我什么也没吝惜过,一辈子辛辛苦苦,祷告上帝,只求让他受到真正的教育才好。讲中学,他进过中学,讲家庭教师,我也给他请过,讲大学,他也读毕业了。至于我没能把他的脑筋引上正路,那么费多尔神甫,您也想得出来,我没有那种本事啊!当初他进了大学,有时候回到这儿来,我总是按我的想法开导他,他不听。我对他说:'你该到教堂去。'他就问:'为什么该去呢?'我就对他解释一番,他却问:'为什么?何以见得?'要不然,他就拍着我的肩膀说:'人世间一切事情都是相对的,近似的,有条件的。我固然什么也不知道,可您也什么都不知道,爸爸。'"

阿纳斯达西神甫用嘶哑的嗓音笑起来,咳嗽着,手指在空中微微动了一下,好像要说什么话。监督司祭瞧着他，厉声说道：

"不要多管人家的事，阿纳斯达西神甫。"

老人不住地笑，满脸放光，助祭的话他显然听得津津有味，仿佛暗自庆幸世界上除他以外还有别的罪人似的。助祭真心诚意地讲着，十分痛心，甚至泪水涌上了他的眼睛。费多尔神甫开始怜惜他了。

"这是你不对，助祭，你不对。"他说，然而讲得不那么严厉，不那么激烈了，"你既然会生孩子，就也得会管教孩子才成。应当从小就管教他，等他做了大学生再纠正，就来不及了！"

紧跟着是沉默。助祭把两只手合起来，叹口气说：

"可是话要说回来，我得为他负责！"

"说的就是啊！"

监督司祭沉默了一会儿，又是打哈欠又是叹气，然后他问：

"今天谁念《使徒行传》？"

"叶甫斯特拉特。素来由叶甫斯特拉特念。"

助祭站起来,用恳求的眼光瞧着监督司祭,问道:

"费多尔神甫,现在我该怎么办呢?"

"你想怎么办就怎么办。我又不是父亲,你才是嘛。你心里比别人清楚。"

"我什么也不知道,费多尔神甫!您行行好,教一教我吧!信不信由您,我的心苦死了!现在我睡也睡不着,坐也坐不稳,节日也不成其为节日。您教一教我,费多尔神甫!"

"那你就给他写一封信。"

"可是我给他写些什么呢?"

"你就写,照这样过下去是不行的。要写得短,然而严厉,郑重,既不冲淡也不减轻他的过错,这是你做父亲的责任。你写了信,就尽了自己的责任,心安了。"

"这是实在的,可是我该怎么给他写呢?从哪方面谈起呢?我给他写信,可是他会回答我说:'为什么?何以见得?为什么这是罪过?'"

阿纳斯达西神甫又发出嘶哑的笑声,他的手指头活动起来。

"'为什么?何以见得?为什么这是罪过?'"他尖声说,"有一次,我听一位先生忏悔,我对他说,过分指望上帝的仁慈是罪过,可是他问:'为什么?'我原想回答他,然而这儿,"阿纳斯达西拍着脑门说,"然而这儿什么也没有!嘻嘻嘻嘻。……"

阿纳斯达西的话以及他对一件并不可笑的事发出的那种刺耳的嘶哑笑声,在监督司祭和助祭心里留下了不愉快的印象。监督司祭本来想对老人说一句"不要多管别人的事",可是没有说出口,光是皱起眉头。

"这信我不会写!"助祭叹道。

"你不会写谁会写?"

"费多尔神甫!"助祭说,偏着头,把手按住心口,"我是个没受过教育、脑筋迟钝的人。您呢,主赐给您聪明和才智。您什么都知道,什么都懂,什么都了解得清清楚楚,可是我连话都说不利落。您发发善心,教给我写信吧!请您教给我该怎样写,都写些什么。……"

"这有什么可教的呢?没有什么可教的。坐下来写就行了。"

"不,您务必发发慈悲,修道院长!我求求您。我知道他看了您的信会害怕,会听从,因为您也是个受过教育的人。您行行好!我坐下来,您一句句念,我写下来。明天写信是有罪的,今天写正是时候,我写完信也就心安了。"

监督司祭瞧着助祭脸上恳求的神情,想起不招人喜欢的彼得,就同意给他念。他让助祭在自己的桌子旁边坐下,开始念道:

"好,写吧。……基督复活了,亲爱的儿子……惊叹号。我,你的父亲,听到了流言……下面加括号……至于我是从哪儿听来的,这与你不相干……括号。……写完了吗?……据说你过着一种既不符合上帝戒律,也不符合人间法律的生活。尽管你表面上用生活的安乐,或者俗世的浮华,或者受过教育的身份来粉饰自己,可是这都不足以掩盖你异教徒的面目。你名义上是基督徒,然而实际上是异教徒,如同其他一切异教徒那样可怜和不幸,甚至比他们更可怜,因为那些不知道基督的异教徒是由于无知而堕落,你堕落则是因为你守着宝贝却视而不见。我不打算在这里列举你的恶习,这些你都十分清楚,我只想说明:我认为你堕落的原因就在于你不信神。你自以为是聪明人,夸耀你的学识,然而你不愿意知道:缺乏信仰的学问不仅不能提高人,甚至把人降到低级动物的水平,因为……"

整个这封信讲的都是这套话。写完以后,助祭大声念一遍,脸上放光,跳起来。

"才气,真正的才气啊!"他说着,把两手一拍,热情地瞧着监督司祭,"上帝赐给您这么大的才气!不是吗?圣母啊!换了是我,大概就连一百年也写不出这样的信!求上帝保佑!"

阿纳斯达西神甫也兴奋起来。

打 赌 集

"没有才气绝写不出这样的信来!"他说着,站起来,活动着手指头,"绝写不出这样的信来!像这样的口才足能把任什么哲学家都难倒,弄得他张口结舌!聪明!聪明绝顶啊!要是您没有结婚的话,费多尔神甫,您早就做主教了,真的,早就做了!"

监督司祭在信上发泄了他的怒火以后,觉得心里轻松了。疲乏和劳累回到他身上来。助祭是自己人,监督司祭就毫不拘束地对他说:

"好,助祭,你走吧,求上帝保佑你。我要在长沙发上睡半个钟头。得休息一下。"

助祭走了,把阿纳斯达西也带走了。如同往年复活节的前夜一样,街上很黑,然而满天的星斗闪闪发光,停滞不动的空气里弥漫着春天和节日的气息。

"他总共才念了多少时候?"助祭惊叹地说,"也不过十分钟,不会再多了!换了别人,这样的信一个月也写不出来。不是吗?这才叫聪明才智!这样的聪明才智我都不知道该说什么好了!惊人!真的,惊人啊!"

"他有学问嘛!"阿纳斯达西叹道,穿过泥泞的街道,把圣衣的下摆提到腰带那儿,"我们可比不上他。我们是从下级职员提升上来的,他呢,有学问。对了。不用说,他才算是真正的人。"

"您听我说,等一会儿他做祈祷,还要用拉丁文念福音书呢!他又懂拉丁文,又懂希腊文。……啊,彼得,彼得呀!"助祭忽然想起来,说,"哼,这回他可要搔头皮了!这回他傻了眼!这回他才知道厉害了!现在他再也不会问'为什么'了。这就叫作棋逢对手!哈哈哈!"

助祭高兴起来,放声大笑。自从这封寄给彼得的信写好以后,他快活了,放心了。他感到尽了做父亲的责任,他对这封信的力量充满信心,于是他又恢复原有那种嘻嘻哈哈的温和心情了。

"彼得这个词,翻译出原意来,就是石头。"他往家门口走去,说,"可是我的彼得不是石头,而是草包。那条蛇缠住他,他却顺着她,不肯撵走她。呸!天下竟有这样的女人,求上帝饶恕我这么说!不是吗?她哪有什么廉耻?她缠住这个小伙子,不肯放松,叫他守住她……滚她的!"

"不过也许不是她缠住他,而是他缠住她呢?"

"那她也还是没有廉耻!不过我也不袒护彼得。……他应该挨这顿骂。……他看完这封信就要搔后脑壳了!他会羞愧得要命!"

"信写得挺好,不过,也还是……不要寄出去的好,助祭!求主和他同在!"

"什么?"助祭惊恐地说。

"是啊!不要寄出去,助祭!何必呢?喏,你把它寄给他,他看一遍,可是……可是那又怎么样呢?你只是惹得他心里不痛快罢了。你原谅他吧,求主和他同在!"

助祭惊讶地瞧着阿纳斯达西的黑脸,瞧着他那两襟敞开的、在黑地里看上去像翅膀一样的圣衣,耸了耸肩膀。

"怎么能就这样原谅他呢?"他问,"要知道,在上帝面前我得为他负责!"

"就算是这样吧,可也还是原谅他的好。上帝看你心好,也会原谅你的。"

"可他不是我的儿子吗?我到底应该不应该管教?"

"管教?为什么不该管教呢?管教是可以管教,不过何必骂他异教徒呢?要知道,助祭,这会伤他心的。……"

助祭是个丧偶的人,住在一所有三个窗子的小房子里。给他管家的是他的姐姐,她是个老处女,三年前两条腿不能走路了,所以一直躺在床上。他怕她,听她的话,不找她商量一下就什么事也不敢做。阿纳斯达西神甫走进他的家里。他看见助祭家里桌子上已经放好复活节的圆柱形甜面包和染红的鸡蛋,不知什么缘故,他哭了,大概想起了自己的家。可是他为了把眼泪变成玩笑,立刻用嘶哑的声音笑起来。

"对了,马上就要开斋。"他说,"对了。……那么,助祭,现在喝上一小杯……也不碍事。可以吗?我会小心地喝,"他小声说着,斜起眼睛看着房门,"免得让那位老小姐……听见……绝不让她听见。……"

助祭没说话,把酒瓶和酒杯推到他跟前,打开信,念起来。就连现在,这封信也使他十分满意,如同方才监督司祭口授的时候一样。他高兴得满脸放光,仿佛尝到什么甜东西似的,摇一摇头。

"嘿,这封信!"他说,"彼得做梦也想不到会收到这么一封信。这也是他活该,正应该叫他浑身发一发烧哩。……可不是!"

"我说,助祭,不要寄出去!"阿纳斯达西说,仿佛自己也没觉得就又斟上一杯酒,"原谅他吧,求上帝跟他同在!我这是……凭我的良心跟你说话。要是连亲爹都不能原谅他,那还有谁会原谅他呢?这样一来,他岂不就要得不到任何人的原谅而活下去?可是,助祭,你想想看,就是没有你,也已经有人惩罚他了,你呢,应该为你亲生的儿子找些能怜恤他的人才对!我……我,老兄,我再喝一杯。……最后一杯。……你干脆这样给他写:'我原谅你了,彼得!'他会明白的!他能领会的!我,老兄……我,助祭,我是凭我的经验明白这一点的。当初我像大家那样生活,我的烦恼很少,可是现在,我失去了形象和样式①,那就只巴望一件事:好心的人能够原谅我才好。再者,你得想一想,需要原谅的并不是规规矩矩的人,而是有罪的人。比方说,你那位老小姐就不是有罪的人,那还用得着你去原谅吗?是啊,你得原谅那些看着可怜的人……对了!"

阿纳斯达西用拳头支着脑袋!沉思了。

"真糟,助祭,"他说,显然在压制他想喝酒的欲望,"真糟!我母亲在罪恶中生下我,我在罪恶中生活着,我会在罪恶中死掉的。……上帝啊,原谅我这个罪人!我迷路了,助祭!我没有指望了!倒不是说我在

---

① 典出《旧约·创世记》:"神说,我们要照着我们的形象,按着我们的样式造人……"在这里借喻"人的尊严"。

以往的生活中迷了路,而是说在老年,在临死以前迷路了。……我……"

老人摆一下手,又喝下一杯酒,然后站起来,搬到另一个地方坐下。助祭始终手里拿着那封信,从这个墙角走到那个墙角。他在想他的儿子。不满、伤心、恐怖不再来搅扰他的心,这些都消融在信里了。现在他光是想着彼得,想象他的脸,回忆过去那些年他儿子怎样回家来度假。他专想那些哪怕想一辈子也不厌烦的美好的、温暖的、忧郁的事。他怀念儿子,把信又看一遍,探问地瞧着阿纳斯达西。

"不要寄出去!"阿纳斯达西说,摆一摆手。

"不,总还是……得寄给他。还是让这封信……略略开导一下他的脑筋好。不会没有用处的。……"

助祭从书桌抽屉里拿出一个信封来,可是他把信纸装进信封以前,先在桌旁坐下,微笑着,在信纸下面添了几句自己的话:"有一个新的学监派到我们这儿来了。这个人比上一任活跃多了。又爱跳舞,又爱谈天,样样都在行,闹得戈沃罗甫斯基家那几个女儿都没命地爱上他了。据说军事长官柯斯狄烈夫不久也要下台。早就该走了!"助祭觉得很满意,却不知道他在信尾添上的几句附言彻底破坏了这封严厉的信。他在信封上写好地址,就把它放在桌上最显眼的地方。

小 人 物

"尊贵的先生,父亲,恩人!"文官涅维拉齐莫夫在起草一封贺信,"祝您在这个复活节以及此后许多岁月中福体康泰,万事如意,并祝阖府健康顺遂。……"

灯里的煤油快要烧尽,冒着黑烟,放出臭气。桌子上有一只迷路的蟑螂,在涅维拉齐莫夫写字的那只手旁边惊慌地奔跑。同这个值班室相隔两个房间,另有一个屋子,看门人巴拉蒙在那儿擦他节日才穿的皮靴。他已经擦过两次,可是这一次仍然擦得很有劲,所有的房间里都可以听见他不住地啐唾沫,他那蘸过黑鞋油的刷子沙沙地响。

"另外还应当给他,那个混蛋,写点什么好呢?"涅维拉齐莫夫抬起眼睛来瞧着烟熏的天花板,开始沉思。

他看见天花板上有一个乌黑的圆圈,那是灯罩的阴影。下面一点是积满灰尘的墙檐,再下面一点是墙壁,很早以前原是刷成蓝棕色的。值班室在他眼睛里显得那么荒凉,他不但可怜自己,甚至可怜那只蟑螂了。……

"我值完班就离开这儿走了,它呢,却要一辈子在这儿值班,"他暗想,伸一伸懒腰,"真是苦恼!我要不要也把我的皮靴擦一下?"

涅维拉齐莫夫又伸一次懒腰,然后懒洋洋地往看门人房间走去。巴拉蒙已经不擦皮靴了。……他在敞开的通风小窗跟前站着倾听,一只手拿着刷子,另一只手在自己胸前画十字。……

"打钟了,先生!"他对涅维拉齐莫夫小声说,睁大眼睛呆呆地瞧着他,"已经打钟了!"

打 赌 集

涅维拉齐莫夫把耳朵凑到通风小窗跟前,听一下。复活节的钟声随着春天的新鲜空气,一齐从通风小窗的窗口涌进来。钟声同马车的辘辘声混在一起,在这片杂乱的响声中只能分辨出相距最近的那个教堂的活泼而高昂的钟声和一个什么人的又响又尖的笑声。

"人好多啊!"涅维拉齐莫夫看一眼下面的街道,叹口气说,点燃的街灯旁边闪过一个个人影,"大家都跑去做晨祷了。……我们这儿的人现在恐怕已经喝过酒,在城里闲逛呢。多少笑声和谈话声啊!只有我才这么倒霉,这样的日子还得在这儿坐着。而且我每年都得这样!"

"那么谁叫您拿人家的钱,受人家的雇呢?要知道今天又不是您值班,而是扎斯土波夫花钱雇您替他值班的。人家都玩玩乐乐,您却受人家的雇,替人家值班。……这是贪财啊!"

"怎么是贪财呢?根本就贪不着什么财,一共也不过拿到两卢布,外加一根领带罢了。……这是因为穷，不是因为贪财！可是眼下，你知道，要是能跟大家一块儿去做晨祷，然后开斋，那多好。……喝上那么一点酒，吃上一点冷荤菜，然后躺下睡它一觉。……你在桌子旁边坐着，桌上放着受过圣礼的圆柱形甜面包，还有茶炊嘘嘘地叫，身旁又坐着一个迷人精①。……你就喝下一小杯酒，托一下她的小下巴，那个小下巴也真是撩人的心……这样你才觉得你活得像个人。……哎哎……我这一辈子算是完了！你瞧，那个混蛋坐着四轮马车过去了，可是你却坐在这儿想心思。……"

"各人有各人的造化，伊凡·达尼雷奇。求上帝保佑，您也会禄位高升，日后也会坐上四轮马车的。"

"我吗？哼，不行，伙计，那可办不到。我就是拼了命，至多也不过做到九等文官罢了。……我没有受过大学教育。"

"我们这儿的将军也没有受过什么教育，

---

① 原文为法语。

打　赌　集

可是……"

"哼,这个将军,在做到将军以前,早已搜刮到十万了。况且,他那种气派,伙计,就跟我不一样。……像我这种派头就成不了气候!就连我这个姓也糟到无可再糟:涅维拉齐莫夫①!一句话,伙计,这个局面没有出路。你乐意,就照这样活下去;不乐意呢,那就只好去上吊。……"

涅维拉齐莫夫离开通风小窗,满心苦恼地在各处房间里走来走去。钟声变得越来越响。……已经用不着站在窗口就可以听见了。钟声越是清晰,马车的辘辘声越是热闹,深棕色的墙壁和烟熏的墙檐就越显得阴暗,灯里的烟子也就冒得越浓。

"要不要丢下这值班的工作,一走了事?"涅维拉齐莫夫暗想。

然而,这样逃走也不见得有什么好处。……从衙

---

① 在俄语中,这个姓的发音和"衬裤"相近。

门走出去,在城里闲逛一阵以后,涅维拉齐莫夫就得回到他的住处去,而他的住处比这个值班室更阴暗,更差劲。……姑且假定这一天他会过得挺好,挺自在,可是往后又怎么样呢?仍旧是灰溜溜的墙壁,仍旧是受雇代人值班,仍旧是写这种贺信。……

涅维拉齐莫夫在值班室中央站住,开始沉思。

他向往一种新的和较好的生活,这种向往弄得他的心痛得难忍难熬。他热烈地想望自己能突然在街头出现,汇合到活跃的人群中去,参加这个节日的盛典,听所有的钟为它齐鸣,马车为它轰响。他巴望着他小时候经历过的那种情景:家人团聚,亲人们脸上喜气洋洋,桌布雪白,灯光明亮,屋里暖暖和和。……他想起刚才一个太太乘坐的那辆四轮马车,想起衙门里庶务官穿在身上招摇过市的那件大衣,想起秘书胸前佩戴着的那条金表链。……他想起温暖的床铺、斯坦尼斯拉夫勋章、新皮靴、肘部没有磨破的文官制服……他所以想起这些,是因为这些东西他一概没有。……

打 赌 集

"莫非应该去贪污公款吗?"他暗想,"就算贪污公款并不困难吧,可是要收藏好就不易。……听说人家总是带着赃款逃到美洲去,可是鬼才知道那个美洲在什么地方!是啊,为了贪污公款也得受过教育才成呢。"

钟声停了。他只听见遥远的马车声和巴拉蒙的咳嗽声。涅维拉齐莫夫胸中的愁闷和愤恨越来越强烈,越来越难以忍受。衙门里的挂钟敲了十二点半。

"应该写告密信还是怎么的?普罗希金就写过告密信,这才步步高升的。……"

涅维拉齐莫夫在他桌子旁边坐下,开始沉思。灯里的煤油已经完全烧干,冒着浓烟,眼看就要熄灭。那个迷路的蟑螂仍然在桌子上东奔西走,找不到安身之处。……

"写告密信倒也未尝不可,可是怎么写法呢!应当写得隐隐约约,拐弯抹角,像普罗希金那样。……可是我哪会写!我一写不要紧,事后倒会害得我自己吃亏。我这个笨蛋啊,见鬼去吧!"

涅维拉齐莫夫绞尽脑汁,要想出办法来摆脱这种没有出路的处境,这时候他的目光落在他起草的那封信上。那封信是他写给一个他满心痛恨和害怕的人的,近十年来他一直请托那个人把他从十六卢布的职位提升到十八卢布的职位上去。……

"啊……你在这儿跑来跑去,鬼东西!"他说着,恶狠狠地一巴掌拍在那只不幸被他看见的蟑螂身上,"可恶的东西!"

那只蟑螂仰面朝天躺在那儿,绝望地踢蹬它那些小腿。……涅维拉齐莫夫揪住它一条小腿,把它扔在玻璃灯罩里。灯罩里蓦地燃起火光,发出噼噼啪啪的响声。……

涅维拉齐莫夫的心头这才轻松了一点。……

怕

我在世界上生活了这许多岁月,其间只害怕过三次。

头一次真正的恐惧,虽然使得我毛发直竖,周身起鸡皮疙瘩,不过讲到原因,却是由一个微不足道而又奇怪的现象引起的。有一次,那是七月间一天傍晚,我闲着没事做,到邮车的车站去取报纸。那是个平静而温暖,几乎可以说是闷热的傍晚,七月间那些单调的傍晚都是这样的。这样的傍晚一旦开始,就会依照一成不变和连绵不断的顺序,一个接着一个,延续一两个星期,有的时候还要长些,后来突然被一场猛烈的风暴打断,于是大雨滂沱,人间万物才能凉爽一阵。

太阳早已落下去了,整个大地上铺开密实的灰色阴影。停滞不动的空气里充满了青草和鲜花像蜜糖那样的甜香。

我坐着一辆普通的运货大车。我的背后是花匠的儿子巴希卡,一个八岁的男孩,他把头枕在燕麦袋子上,轻声打鼾,我带他来是准备在必要的时候要他看守马匹的。我们走过一条狭窄而又像尺那么直的乡间土道,它如同大蛇那样掩藏在又高又密的黑麦中间。傍晚的霞光正黯淡下去。一条明亮的光带被一块狭窄而难看的云截断,那块云时而像一条木船,时而又像一个裹着被子的人。……

我赶着车子走了两三俄里。在晚霞的苍白背景上,开始耸起一棵棵高大挺拔的杨树,杨树后面有一条河闪闪发光。我的面前,突然间,仿佛有谁施了魔法似的,展开一幅瑰丽的画面。这时候我得勒住马,因为我们那条笔直的路在这儿中断,要顺着长满灌木的陡坡往下走了。我们站在坡上,下边,我们的底下,是一块巨大的洼地,宽广而又充满昏光和奇形怪状的东西。在洼地底部,一片广阔的平原上,有个村子,由杨树守卫,被河水泛起的亮光抚爱着。它现在睡熟了。……它那些小木房、带钟楼的教堂、树木,在灰色的昏光中隐约露出轮廓,倒映在平滑的河面上,乌黑一片。

我把巴希卡叫醒,怕他从车上摔下去。然后我开始小心地下坡。

"到卢科沃村了?"巴希卡懒洋洋地抬起头来,问道。

"到了。你揪住缰绳!……"

我牵着马走下坡去,眼睛瞧着村子。我头一眼看过去,就有一种奇怪的情景引起我的注意:钟楼最高一层上,在拱顶和铜钟之间一个极小的窗子里,有个亮光在闪烁。这个亮光近似快要熄灭的长明灯:时而暗下去，时而又亮起来。它会是从哪儿来的呢？我无法理解它的来源。它不可能在窗子里燃亮，因为钟楼的最高一层既没有圣像，也没有长明灯，据我所知，那儿只有房梁、尘土、蛛网。要爬上那层楼是困难的，因为楼的通道已经封死了。

这个亮光多半是外界的光的反照，然而不管我怎样凝神细看，在我面前铺开的广大空间中，除了这个亮光以外，却看不见什么明亮的光点。月亮还没出来。苍白的、已经完全黯淡的一抹晚霞不可能反照到那儿去，因为有亮光的窗子是朝西而不是朝东的。我牵着马下坡的一路上，这种想法和其他类似的想法在我的头脑里不住翻腾。到了底下，我坐上大车，再对亮光那边看一眼。它仍然时隐时现。

"奇怪，"我猜不出所以然来，暗自想着，"奇怪得很。"

一种不愉快的感觉渐渐涌上我的心头。起初我以为这是因为我无法解释这种普通的现象而生出的烦恼，可是后来我忽然惊恐地扭转身避开那个亮光，伸出一只手去抓住巴希卡，我这才明白：我害怕了。……孤独、苦恼、恐怖的心情抓紧了我，仿佛有人违背我的心意，把我抛进这个充满昏光的大洼地，使我独自一人面对钟楼，而它却用那只红眼睛瞅着我。

"巴希卡！"我叫道，吓得闭上了眼睛。

"怎么了？"

"巴希卡，钟楼上是什么东西在发亮？"

巴希卡从我肩膀上望过去，看一下钟楼，打了个呵欠。

"谁知道呢！"

我跟那个男孩短短谈了几句话，才略为定下心来，然而这没维持很久。巴希卡发现我不安，就瞪起大眼睛瞧着亮光，又看了看我，然后再瞧着亮光。……

"我害怕！"他小声说。

这时候，我吓得魂飞天外，伸出一条胳膊搂住男孩，依偎着他，用力扬鞭打马。

"愚蠢!"我对自己说,"这个现象所以可怕,无非是因为无法理解而已。……大凡无法理解的东西都神秘,因而也就可怕。"

我竭力说服自己,同时又用鞭子不断抽马。我到达车站,故意跟站长闲聊一个钟头,看了两三份报纸,可是不安的心情仍然没有离开我。在回去的路上,那个亮光却已经不在了,可是另一方面,那些农舍、杨树、我赶车上去的那道斜坡的轮廓,在我心目中却像是活的东西。至于那个亮光究竟是怎么来的,我至今都不知道。

我经历的第二次恐惧,也是由微不足道的小事引起的。……我跟我的情人相会以后,独自往回走。那是夜里一点钟,那时候大自然照例沉浸在黎明前最安稳酣畅的睡乡里。可是这回大自然却没沉睡,这个夜晚也不能说安静。长脚秧鸡啦,鹌鹑啦,夜莺啦,小滨鹬啦,都在不住叫唤,蟋蟀和蝼蛄唧唧地叫。薄雾在草地上浮游,天上有些浮云跑过月亮旁边,头也不回,不知要到什么地方去。大自然没有睡觉,仿佛生怕在睡乡中错过它一生中最好的时光似的。

我在铁道路基边一条狭窄的小径上走着。月光在铁道上滑过,铁道已经沾满露水。浮云的巨大阴影不时沿着路基奔跑。前面远处有个昏暗的绿色灯光平静地发亮。

"这是说,一切都平安无事……"我瞧着灯光暗想。

我心里平静,安宁,舒畅。我刚赴约归来,目前不急于到什么地方去,也不想睡觉。我每一呼吸,每一举步,都流露出健康和青春,我的脚步声在夜晚单调的闹声中沉闷地响着。我记不得当时我有些什么感触,只记得我心情愉快,愉快得很!

我走出一俄里远,忽然听见背后传来单调的隆隆声,近似大河的流水声。这声音一秒钟比一秒钟响,越来越近。我回头望去,离我百步开外是一片乌黑的丛林,我刚从那儿走出来,铁道的路基在那边绕了个优美的半圆形圈子往右拐过去,消失在树木中间。我茫然站住,等着。在铁道转弯处立时出现一个漆黑的庞然大物,轰隆隆地响,朝我这边飞奔而来,随后像鸟那么快地飞过我身旁,沿着铁道奔驰而去。过了不到半分钟,那个黑点就消失,轰隆声跟夜晚的闹声混在一起了。

那是一节普通的货车。它本身倒没有什么特别的地方,然而它孤零零地出现,没有火车头,而且是在夜间,这就弄得我摸不着头脑了。它会是从哪儿来的呢?是什么力量推着它在铁道上这么飞快地奔驰?它从哪儿飞来,又飞到哪儿去了?

假如我迷信,我就会断定这是魔鬼和巫婆乘车去参加狂欢晚会,我就会自顾走我的路。然而照眼前这样,这个现象在我就全然无法解释。我不相信我的眼睛,纠缠在各种猜测里,就跟苍蝇落在蜘蛛网里一样。……

我忽然感到孤单,独自一人待在整个空旷的原野上。这时候夜晚显得不怀好意,瞅着我的脸,盯住我的脚步。所有的声音,鸟雀的叫声和树木的飒飒声,显得阴森险恶,似乎仅仅是为了恐吓我的想象才存在的。我就拔脚飞奔,像个疯子似的,自己也不知道在做什么,跑啊跑的,极力要跑得快些,再快些。我立刻听到了先前没注意到的声音,也就是电线悲凉的哀叫声。

"鬼才知道是怎么回事!"我羞辱自己说,"这是懦弱,愚蠢!……"

可是懦弱却比合理的想法强而有力。我一直跑到绿灯那儿才放慢脚步,在那儿看见一个乌黑的铁道岗棚,旁边路基上有个人影,大概是看守。

"你看见了?"我问,喘得上气不接下气。

"看见谁?你说什么?"

"有一节火车在这儿跑过去了!……"

"看见了……"那个汉子不大乐意地说,"它跟一列货车脱了钩。在一百二十一俄里的里程碑那儿有一道斜坡……列车爬上坡去。最末一节车厢的链子经不住,脱了钩,往回跑。……如今可追不上它了!……"

奇怪的现象得到了说明,它那离奇的性质也就消失了。恐惧化为乌有,我可以继续走我的路了。

我经历到的第三次恐惧也很厉害,那是在早春季节,有一天我在树林里打猎归来的时候。当时暮色苍茫。刚刚下过一场雨,树林里的道路上满是水洼,脚底下的泥浆咕唧咕唧响。紫红色的晚霞照透整个树林,染红了桦树的白色树干和嫩叶。我身体劳乏,几乎走不动了。

我在林中道路上走着,出乎意外,在离家五六俄里远的地方遇到一条大黑狗,属于潜水犬①品种。这条狗从我身边跑过去,凝神瞧着我,照直看我的脸,然后又往前跑去。

"挺好的一条狗……"我暗想,"是谁家的呢?"

---

① 纽芬兰所产的一种善于游泳的狗。

打赌集

我往四下里看一眼。那条狗在十步开外站住,目不转睛地瞧着我。我们默默地互相看了一会儿,后来那条狗大概瞧见我注意它而心里高兴,慢腾腾地走到我跟前,摇着尾巴。

我往前走。这条狗跟在我身后。

"这是谁家的狗呢?"我问自己,"它是从哪儿来的?"

方圆三四十俄里内的地主我全都熟悉,他们的狗我也认识。他们没有一个人有这样的潜水犬。那么它究竟是从哪儿来的呢?它怎么会来到这儿,来到这个偏僻的树林里?这条路一向没有人乘车经过,只有运木柴的人才来这儿。说它是某个过路人丢失在这儿的,那也几乎不可能,因为地主们是不会从这条路到什么地方去的。

我在一个树桩上坐下休息,开始打量我的旅伴。它也坐下,扬起头,眼巴巴地瞧着我。……它瞅着我,连眼皮也不眨一下。究竟是受到寂静、林中的阴影和声音的影响呢,还是疲劳的结果,我不知道,总之,在那两只普通的狗眼凝神注视下,我忽然心惊肉跳。我想起浮士德和他的叭儿狗,想起神经质的人疲乏后有的时候会产生幻觉。这样一想不要紧,我赶快站起来,赶快往前走。潜水犬跟在我后面。……

"走开!"我叫道。

那条狗多半喜欢我的声音,因为它快活地往前一蹿,跑到我前面去了。

"走开!"我又叫道。

狗回过头来看一眼,注意地瞧了我一会儿,快活地摇尾巴。显然我的威吓声引起了它的兴致。我本该对它亲热一下才是,可是浮士德的叭儿狗没有在我的头脑里消失,恐惧的感觉越来越尖锐。……紧跟着天黑下来了,这使得我格外心慌意乱,每次那条狗跑到我跟前,用尾巴拍我,我就胆寒地闭上眼睛。当初我见到钟楼上的亮光和那节车厢的时候发生过的情形,如今又重演了:我再也忍不住,撒腿就跑。……

打　赌　集

我回到家里，看见一个客人，是我的老朋友。他打过招呼后，开始对我抱怨说，他坐着马车到我家来，在树林里迷了路，他那条贵重的好狗就此走失了。

安 灵 祭

在上坝村的奥季吉特利耶夫圣母教堂里,祷告刚刚做完。人们纷纷走动,从教堂里涌出去。只有上坝村的老住户和知识分子,小铺老板安德烈·安德烈伊奇没有动弹。他把胳膊肘倚在右边唱诗班席位的栏杆上等着。他那胡子刮光的胖脸过去生过丘疹而凹凸不平,此刻,这张脸上表现出两种相反的心情:一方面,对不可知的命运抱着温顺的态度,另一方面,对那些从他面前走过去的穿厚呢长外衣或戴五颜六色的头巾的人们①又显出呆板

---

① 指男女农民。

的、无限高傲的神情。这天是星期日,他装束考究。他穿着呢大衣,上面钉着黄色骨制纽扣,下身穿一条蓝色长裤,裤腿没有掖在靴腰里,脚上穿一双结实的套靴,像那样笨重的大套靴是只有精明强干、老成持重而且笃信宗教的人才会穿的。

他那对嵌在肥肉当中的迟钝的眼睛瞅着圣像壁。他看见圣徒们那些他早已熟悉的脸,看见教堂看守玛特威鼓起脸颊吹熄蜡烛,看见发黑的烛台,看见破地毯,看见诵经士洛普霍夫从祭坛上急忙跑下来,给长老送圣饼去。……所有这些他早已见过,而且见过许多次,就跟对自己的五个手指头那样熟悉了。……不过只有一件事奇怪,不同于往常:格利果利神甫在北边门口站着,还没脱掉圣衣,气冲冲地皱起两道浓眉。

"上帝保佑,他这是在对谁皱眉头啊?"小铺老板暗想,"啊,他还伸出手指头指指点点呢!而且他在跺脚,可了不得。……这不是怪事吗,圣母?他这是在对谁发脾气呀?"

安德烈·安德烈伊奇往四下里看一眼,瞧见教堂里的人已经走光了。大门那边有十来个人聚集着,不过他们都是背对着祭坛站在那儿。

"叫你来,你就过来!你为什么站住不动,像一座雕像似的?"他听见格利果利神甫气愤的说话声,"我在叫你!"

小铺老板瞧着格利果利神甫勃然大怒的红脸,直到这时候才想到神甫皱起眉头,伸出手来指指点点,可能就是针对着他。他打了个冷战,离开唱诗班席位,迟疑不定地向祭坛走去,把他那双套靴踩得很响。

"安德烈·安德烈伊奇,是你要求为玛丽雅灵魂的安息做奉献祈祷吗?"神甫问道,生气地抬起眼睛瞧着他那张冒出汗珠的肥脸。

"是的。"

"那么,这就是你写的?你?"

格利果利神甫气愤地把他的字条一直送到他的眼睛跟前。安德烈·安德烈伊奇这张要求为亡魂做奉献

祈祷并领圣餐的字条,是用粗大的而且仿佛摇摇晃晃的笔迹写成的:

"请为上帝的奴隶和淫妇玛丽雅的亡魂祈祷安息。"

"是……这是我写的……"小铺老板回答说。

"你怎么敢这么写?"神甫拖着长音小声说,在他沙哑的声音中可以听出愤怒和惊恐。

小铺老板带着茫然的惊讶神情瞧着他,心里纳闷,自己也吓坏了:格利果利神甫还从来没用过这样的口吻同上坝村的知识分子谈话哩!两个人沉默了一会儿,四目相视。小铺老板简直摸不着头脑,他的肥脸向四面八方摊开,像一块摊开来的生面团似的。

"你怎么敢这样?"神甫又说一遍。

"什……什么?"安德烈·安德烈伊奇困惑地说。

"你不明白?!"格利果利神甫小声说着,惊讶得退后一步,把两只手一拍,"你两个肩膀上长的是什么:是脑袋还是别的什么东西? 你把字条送到祭坛上来,字条上却写了那样两个字,即使在街上说出口都不成体统!你瞪大眼睛干什么?难道你不知道这两个字是什么含意?"

"您说的是淫妇那两个字吧?"小铺老板嘟哝说,涨红了脸,眨巴眼睛,"不过要知道,主出于仁慈,那个……宽恕了这种人,也就是宽恕过淫妇①……给了她地位,再者从圣徒埃及的马利亚的传记里也可以看出这两个字是什么意思,请您原谅。……"

小铺老板原想再提出别的论据来为自己辩白,然而他的思路乱了,他就用衣袖擦嘴唇。

"原来你是这么理解的!"格利果利神甫说,把两只手一拍,"可是要知道,主宽恕她了,你明白吗?宽恕她了。可是你责难她,痛骂她,用不堪入耳的字眼称呼她。再者你骂的是什么人!骂你自己去世的亲生女儿!这样的罪过,慢说是在圣书里,甚至在世俗的著作

---

① 参见《新约·约翰福音》。

里也看不到!我要对你再说一遍,安德烈:不要自作聪明!是的,兄弟,不要自作聪明!如果上帝赐给你一副喜欢追根究底的头脑,而你又不能驾驭它,那你最好不要钻牛角尖。……不要钻牛角尖,要少开口!"

"可是要知道,她,那个……请您原谅,她做过戏子!"安德烈·安德烈伊奇吓呆了,费力地说。

"戏子!然而不管她是什么人,她现在死了,你就应该把一切都忘记,不该写在字条上!"

"这话是实在的……"小铺老板同意说。

"应当给你一点教会的惩罚才行,"助祭在祭坛的深处用男低音说,轻蔑地瞧着安德烈·安德烈伊奇发窘的脸,"那你就不会再自作聪明了!你的女儿是个著名的女演员。她去世,就连报纸上都登过消息。你这个哲学家呀!"

"这,当然……是确实的……"小铺老板嘟哝说,"我那两个字不恰当,可是我那样写不是要责难她,而是打算按宗教的规矩写……好让您看清楚点,知道是为谁祈祷。平时大家在追荐亡者的名单上就写出各种称呼,例如婴儿姚纳、溺死者彼拉盖雅、战士叶果尔、遇害者巴威尔等等,各式各样。我也想那样办。"

"这不近情理,安德烈!上帝会宽恕你,可是你下次要当心。主要的是不要自作聪明,要照别人的方式想事情。你去鞠十次躬,就走吧。"

"是,"小铺老板说,看到这顿教训总算已经结束而暗暗高兴,脸上就又现出尊严而庄重的表情,"鞠十次躬?很好,我明白。不过现在,神甫,请您允许我求您一件事。……您知道,我毕竟是她的父亲……而她,不管是个什么样的人,也毕竟是我的女儿,所以我那个……请您原谅,我打算要求您今天做一次安灵祭。而且,助祭神甫,请您也允许我向您提出这个请求!"

"这才对!"格利果利神甫一面脱法衣,一面说,"我要为此称赞你。这可以同意。……好,你去吧!我们过一会儿就来。"

安德烈·安德烈伊奇就庄重地从祭坛那儿走开,

打 赌 集

在教堂中央站住,他那通红的脸上现出悼念亡魂的庄严神情。看守玛特威在他的面前放一张小桌,桌上摆着祭食。过了一会儿,安灵祭开始了。

教堂里寂静无声。只能听见手提香炉的磕碰声和拖着长音的歌唱声。……安德烈·安德烈伊奇身旁站着看守玛特威、接生婆玛卡烈芙娜以及她那独臂的小儿子米特卡。此外什么人也没有了。诵经士用低沉而难听的男低音唱着,虽然唱得很糟,然而歌调和歌词都很悲凉,小铺老板脸上的庄严神情渐渐消失,他沉浸在忧伤的心情中了。他想起他的玛淑特卡①。……他想起她诞生的时候,他还在上坝村地主家里做听差。听差的活儿忙碌,他就没注意到他的闺女是怎样长大的。她经过一段漫长的时期长成一个优雅的姑娘,小小的脑袋上长着淡黄色的头发,两只眼睛像铜钱那么大,总是露出若有所思的神情,可是那段时期他没有留意就

---

① 他的女儿玛丽雅的小名。

过去了。她如同一切得宠的听差的子女一样,是在安乐的环境中,在地主小姐们身旁养大的。地主家的人闲着没事做,就教她看书,写字,跳舞,他对她的教育问题从不过问。也许他只有偶尔在大门旁或者楼梯口看见她,才想起她是他的女儿,碰到有空,他就教她祈祷,给她讲圣书上的故事。啊,就连那时候他也已经以熟悉教规和圣书闻名了!尽管父亲脸色阴沉,庄重,姑娘却乐于听他讲。她打着哈欠,学着他的样子念祷词,不过另一方面,每逢他结结巴巴地对她讲那些故事,极力要讲得动听的时候,她倒总是全神贯注地听下去。以扫的红豆汤①、所多玛的劫运②、小男孩约瑟的灾难③,都使她脸色发白,睁大浅蓝色的眼睛。

后来他辞掉听差的活儿,用他积攒下来的钱在村

---

① 据基督教传说,以扫因为要喝红豆汤而把长兄的名分让给孪生兄弟雅各,见《旧约·创世记》。
② 据基督教传说,所多玛城被神降火焚毁,见《旧约·创世记》。
③ 据基督教传说,雅各的儿子约瑟因得父特宠,遭兄长嫉妒,被他们卖掉,见《旧约·创世记》。

打　赌　集

子里开了一家小铺,玛淑特卡却跟地主家的人一起动身到莫斯科去了。……

她在去世的三年前到她父亲这儿来过。他几乎认不得她了。她成了个年轻苗条的女人,带着贵妇的风度,装束上流。她讲话文雅,就跟背书似的。她吸烟,睡到中午才起床。临到安德烈·安德烈伊奇问她做什么工作,她就大胆地照直看着他的眼睛,声明说:"我是演员!"依那个旧日的听差看来,这样的坦率简直是恬不知耻。玛淑特卡开始夸耀她的成就和她的演员生活,可是看见父亲光是涨红脸,摊开了手,就没再讲下去。他们就这样沉默着,谁也不看谁,度过了两个星期,一直到她动身那天为止。临行之前她请求她的父亲跟她一块儿到河边去散步。尽管他觉得大天白日,当着一切正派人的面,同他那个做演员的女儿一起散步是一件痛苦的事,然而他还是对她的请求让步了。……

"你们这个地方可真美!"她一面散步一面赞叹

说,"什么样的山沟,什么样的沼泽啊!上帝呀,我的家乡多么好!"

她哭起来。

"这种地方无非是荒地罢了……"安德烈·安德烈伊奇想,茫然看着那些山沟,不懂他的女儿为什么兴奋,"从这个地方是得不到油水的,就跟从公羊身上挤不出奶水一样。"

她哭了又哭,用整个胸膛贪婪地呼吸着,仿佛已经感到她呼吸的日子所余无几了。……

安德烈·安德烈伊奇摇摇头,就跟一匹马被蚊子叮了一口似的。他要扑灭沉痛的回忆,就开始很快地在胸前画十字。……

"主啊,"他喃喃地说,"宽恕你的奴隶和淫妇玛丽雅,宽恕她那些有意和无意的罪过吧。……"

那两个不成体统的字眼又从他嘴里吐出来,可是他自己没有发觉。看来,凡是在思想里扎下根的东西,不要说格利果利神甫的教诲,就连钉子也没法把它挖出来！玛卡烈芙娜不住地叹气,小声念叨着,用力吸气,独臂米特卡在想心思。……

"……在那没有疾病、悲伤、叹息的地方……"诵经士拖着长音唱道,用一只手托住右边的脸颊。

浅蓝色的细烟从手提香炉里袅袅上升,在一道斜射进来的宽阔阳光里浮游,那道阳光穿透了教堂里阴郁而毫无生气的空间。似乎那个去世的女人的灵魂也跟细烟一起在阳光里飞舞。一缕缕细烟好像小孩的鬈发,盘旋飞舞,朝上边一个窗口飘去,仿佛要躲开这个可怜的灵魂的满腔郁闷和哀伤似的。

在 车 棚 里

那是晚上九点多钟。马车夫斯捷潘、扫院人米海洛、马车夫的孙子阿辽希卡(他从乡下到爷爷这儿来做客)、每天傍晚到院子里来卖青鱼的七十岁老人尼康德尔,正在很大的车棚里围着一盏提灯坐着,玩"国王"①。从敞开的门口望出去,可以看见整个院子和主人家住的大房子,也可以看见大门、地下室、门房。那一切都掩藏在黑暗的夜色里,只有一所租给外人住的

---

① 一种纸牌戏。

打 赌 集

厢房灯光明亮,从四个窗口射出来。马车和雪橇以及它们那些往上翘着的车杆的阴影,从墙上一直伸展到门口。这些阴影跟灯和打牌的人投下的影子交叉在一起,颤抖着。……车棚和马棚由一道薄板隔开,马棚那边有几匹马。空气中有干草的气味和老人尼康德尔身上冒出来的难闻的鱼腥味。

扫院人赢了牌,当上国王了。他就摆出依他看来俨然是国王的架式,拿出一块红方格手绢大声擤鼻子。

"眼下,我想砍谁的脑袋就能砍谁的脑袋。"他说。

阿辽希卡是个八岁的男孩,生着淡黄色头发,好久没有剪了。他只要再吃两张牌就可以做国王,于是生气而嫉妒地瞧着扫院人。他拉长了脸,皱起眉头。

"爷爷,我要给你一张牌吃,"他考虑着自己的牌,说,"我知道你有一张红方块皇后。"

"得了,得了,小傻瓜,你想得够了!出牌吧!"

阿辽希卡胆怯地打出一张红方块武士。这时候院子里传来了门铃声。

"哎,该死的……"扫院人嘟哝说,站起来,"好,国王,去开门吧。"

过了一会儿,他走回来,阿辽希卡已经做王子,青鱼贩子做兵,马车夫做庄稼汉了。

"事情也真糟,"扫院人说着,又坐下打牌,"刚才我把大夫们送走了。他们没把子弹取出来。"

"他们怎么取得出来!恐怕只有挖开脑袋才成。既然子弹钻进了脑袋,大夫们又有什么办法。……"

"他躺在那儿昏迷不醒,"扫院人接着说,"他大概要死了。阿辽希卡,不准偷看牌,小狗崽子,要不然就拧你的耳朵!是啊,大夫们走了,他的父母却来了。……他们刚到。他们又哭又叫,求上帝别让我们也这样才好!听说他是独生子。……真伤心啊!"

除了一心打牌的阿辽希卡外,大家都回过头去看厢房那些灯光明亮的窗子。

"他们打发我明天到警察段去一下。"扫院人说,"警察段要查问这件事。……可是我知道什么呢?难道我看见了?今天早晨他把我叫去,交给我一封信,说:'把它丢进邮筒。'他的眼睛哭得红红的。当时他的妻子儿女都不在家,出去散步了。……他趁我去送信,就用手枪对着太阳穴开了一枪。我回来的时候,他家的厨娘正哭啊喊的,满院子都听得见。"

"这是极大的罪过。"青鱼贩子摇摇头,用嘶哑的声音说,"极大的罪过啊!"

"这是因为他学问太多了。"扫院人说,吃了一张牌,"他脑子乱了。他常常通宵坐在那儿,老在纸上写字。……出牌呀,庄稼汉!……不过他倒是一位好老爷。他皮肤白净,头发乌黑,身量很高!……他是个规规矩矩的房客。"

"讲到这件事的起因,好像有女人作怪。"马车夫说,把王牌九啪的一声打在红方块国王上,"他好像爱上别人的老婆,讨厌自己的老婆了。这种事确实有的。"

"国王造反了!"扫院人说。

这时候院子里又响起门铃声。造反的国王烦恼地吐一口唾沫,走出去。厢房的窗子上闪着人影,像是一对对翩翩起舞的舞伴。院子里响起不安的说话声和匆忙的脚步声。

"大概那些大夫又来了。"马车夫说,"我们的米海洛要跑断腿了。……"

有一种古怪的痛哭声在空中响了一会儿。阿辽希卡害怕地瞧一下他的爷爷,瞧一下马车夫,然后瞧一下窗子,说:

"昨天在大门口,他摩挲我的脑袋来着。他说:'孩子,你是从哪个县来的?'爷爷,刚才是谁在哭啊?"

爷爷没有答话,捻亮提灯的火苗。

"这个人算是完了。"过了一会儿他说,打个哈欠,"他完了,他的孩子也完了。从今以后,他的孩子要丢一辈子的脸了。"

扫院人回来,在提灯旁边坐下。

"他死了!"他说,"他们派人去找养老院的老太婆来装殓。"

"祝他升天堂,永久安息!"马车夫小声说着,在胸前画十字。

阿辽希卡学他的样也在胸前画十字。

"不能为这样的人祈祷安息。"青鱼贩子说。

"为什么?"

"这是罪过。"

"这话不错,"扫院人同意说,"现在他的灵魂下了地狱,到魔鬼那儿去了。……"

"这是罪过,"青鱼贩子又说一遍,"对这样的人照例不举行葬礼,也不举行安魂祭,就跟对动物的尸体一样,谁也不去注意他。"

老人戴上便帽,站起来。

"当初我们将军夫人家里也出过这种事,"他说,把帽子拉低一点,"那时候我们还是农奴,他的小儿子也聪明过头,往嘴里开了一枪。照规矩,这样的人下葬不能请教士参加,不能举行安魂祭,也不能埋在墓园里,可是你猜怎么着,夫人怕人笑话,就买通警察和医生,给她开了个证明,只说她儿子发高烧,一时昏迷才干出这种事。有钱就什么事都能办到哟。所以他下葬的时候,又有教士在场,十分体面,还有乐队奏乐呢。他就葬在教堂旁边,因为那座教堂就是去世的将军本人出钱盖的,他的亲人一概葬在那儿。不过后来却出事了,哥儿们。一个月过去,两个月过去,都还没什么。到了第三个月,下人报告将军夫人说,教堂里的那些看守来了。'有什么事?'下人就把他们带到她跟前。他们在她面前跪下,开口说:'太太,这个差事我们干不下去了。……您另找看守吧,求您行个好,放我们走。'这是为什么?他们就说:'不行,没法干下去。您的儿子通宵在教堂旁边哭。'"

阿辽希卡打了个冷战,把脸贴到马车夫的背上,免得看见那些窗子。

"将军夫人起初不肯相信。"老人接着讲,"她说:'这都是你们这些老百姓疑心生暗鬼。死人不会哭的。'过了一阵子,那些看守又来找她,连诵经士也来了。可见就连诵经士也听见他哭了。将军夫人看出事情不妙,就把几个看守带到她卧室里,关上门,说:'乡亲们,这二十五卢布给你们,你们收下这笔钱,晚上悄悄地,别让人看见,也别让人听见,把我那不幸的儿子挖出来,埋在墓园外面。'大概她还请他们喝了一盅。……看守就照着办了。那块刻着字的墓碑至今还立在教堂旁边,可是他本人,将军的儿子,却已经搬到墓园外面去了。……唉,上帝啊,饶恕我们这些罪人吧!"青鱼贩子叹口气说,"一年只有一天才能给这种人祷告,那就是三一节的星期六。……谁也不可以为他们而对乞丐施舍,那是罪过,不过,为他们灵魂的安息,喂鸟倒是可以的。将军夫人每隔三天就到十字路口去喂鸟。有一回在十字路口,不知从哪儿忽然来了一条黑狗,跑到面包跟前去了。它是那么一种狗……咱们可都知道那是什么狗。这以后一连五天,将军夫人就半疯半癫,不喝水,也不吃东西了。……忽然间,她在花园里跪下,祷告了又祷告。……好了,再见吧,哥儿们,求上帝和圣母保佑你们。走,米海洛,你给我开一下大门。"

青鱼贩子和扫院子的人走出去了。马车夫和阿辽希卡也走出去,免得孤孤单单地留在车棚里。

"这个人本来活着,如今却死了!"马车夫瞧着窗子说,窗子里仍旧有人影晃动,"今天早晨他还在院子里走来走去,现在却躺在那儿死了。"

"总有一天我们也要死的。"扫院人跟青鱼贩子一块儿走出去,后来他俩就消失在黑暗里,看不见了。

马车夫和跟在他身后的阿辽希卡胆怯地走到灯光明亮的窗子跟前。有一个脸色十分苍白、大眼睛沾着泪痕的太太和一个白发苍苍、仪表端庄的男人在把两张牌桌搬到房间中央去,大概供停尸用,牌桌的绿色呢面上还留着用粉笔写的数目字。早晨满院子奔跑和大声哭号的厨娘,这时候站在一把椅子上,踮起脚,想把一条被单盖在一面镜子上。

打赌集

"爷爷,他们在干什么?"阿辽希卡小声问道。

"他们要把他抬到桌子上去。"爷爷回答说,"孩子,我们该去睡了。"

马车夫和阿辽希卡就回到车棚里。他们祷告上帝后,脱下靴子。斯捷潘在墙角的地板上躺下,阿辽希卡睡在雪橇上。车棚的门关着,那盏提灯已经捻灭,冒出一股难闻的熏焦味。过了一会儿,阿辽希卡抬起头来,往四下里看一眼。隔着门缝仍旧可以看见外面那四个窗子里射出来的亮光。

"爷爷,我害怕!"他说。

"得了,睡吧,睡吧。……"

"我跟你说我害怕嘛!"

"你怕什么?好一个娇气的娃娃!"

他们沉默了。

阿辽希卡从雪橇上跳下来,大声哭着,跑到爷爷那儿去。

"你怎么啦?你要干什么?"马车夫惊慌地说,同时也坐起来了。

"他在哭!"

"谁在哭?"

"我害怕,爷爷。……你听见了吗?"

马车夫仔细听一下。

"这是他们在哭,"他说,"得了,去吧,小傻瓜。他们舍不得儿子,所以就哭了。"

"我要回村子去……"孙子接着说,一面哭哭啼啼,一面周身发抖,"爷爷,我们回村子去找妈妈吧。走吧,爷爷,亲人,往后上帝会送你上天堂的。……"

"真是傻瓜,唉!得了,别说了,别说了。……别说了,我把灯点上。……傻瓜呀!"

马车夫摸到火柴,点上提灯。然而亮光并没让阿辽希卡定下心来。

"斯捷潘爷爷,我们回村子去!"他哭着央求道,"我在这儿害怕……哎呀,好吓人哪!你真可恶,为什么写信叫我从乡下出来?"

打 赌 集

"谁可恶?难道可以用这种荒唐话说你的亲爷爷?我要拿鞭子抽你啦!"

"抽吧,爷爷,你就狠狠地抽我吧,只要把我送回妈妈那儿去就成。求你发发上帝那样的慈悲吧。……"

"得了,得了,小孙孙,得了!"马车夫压低喉咙柔声说,"没什么,别害怕。……我自己也害怕哟。……你祷告上帝吧!"

门吱呀一声开了,扫院人探进头来。

"你没睡,斯捷潘?"他问道,"我这一夜别想睡了。"他走进来,说,"这一夜老得去开门和关门。……你,阿辽希卡,哭什么呀?"

"他害怕。"马车夫替孙子回答说。

空中又飘来一阵痛哭声。扫院人说:

"他们在哭。他母亲不相信这是真事。……她伤心透了。"

"他父亲也在吗?"

"他父亲也在。……他父亲倒还没什么。他坐在墙角,一句话也不说。他们把小孩们送到亲戚家去了。……怎么样,斯捷潘?我们来玩一回王牌好不好?"

"行,"马车夫搔了搔身子,同意说,"你呢,阿辽希卡,去睡吧。你都要到娶媳妇的年纪了,却还哇哇地哭,坏包。得了,小孙孙,走吧,去吧。……"

有扫院人在场,阿辽希卡才定下心来。他胆怯地走到雪橇那儿,躺了下来。他一面昏昏睡去,一面听到低低的说话声。

"我吃一张,打一张……"爷爷说。

"我吃一张,打一张……"扫院人也说一遍。

院子里响起门铃声,门吱呀吱呀地响,也像是在说:"我吃一张,打一张。"后来,阿辽希卡在梦中看到那个老爷,一瞧见他的眼睛不禁吓一跳,就爬下雪橇,哭起来,那时候却已经是早晨,爷爷在打鼾,车棚不再显得可怕了。

关于契诃夫的小说

汝 龙

十九世纪末、二十世纪初俄罗斯杰出的现实主义作家契诃夫(1860—1904)在二十五年的文学活动中除了写过一些剧本以外,还留下二百多篇小说①。这些小说充满了作者的民主主义思想、爱国热情、对人民的关切和热爱。这篇短文打算从契诃夫的小说中挑出几篇来做一点粗浅的分析,希望能够对于理解契诃夫有些许帮助。

八十年代契诃夫动笔写作。他的早期作品揭露了许多道德品质很坏的人和病态的生活。

---

① 这是指契诃夫生前自编的全集中所收的篇数,如果连未收的也算在内,篇数要超出数倍。

契诃夫小说选集

契诃夫生活在俄罗斯旧社会制度正在崩溃的时代,在他逝世的第二年,俄罗斯第一次革命就爆发了。那个社会的腐朽性质除了其他特点以外,还表现在中上层的人们的道德堕落和生活病态。契诃夫出身平民,年轻时候遭受过家庭破产,几乎被打入社会的底层,这样的人对于阿谀权贵的丑相(《变色龙》)、富翁的专横暴虐(《假面》)、为了金钱出卖灵魂(《活商品》)和生活的腐败(《瑞典火柴》)总是很敏感的。

契诃夫在早年信札中曾不止一次地提到道德的标准、做人的标准。早在十六岁,正值他父亲那小小的杂货店破产的时候,他在写给弟弟的信里就说:"为什么你称呼自己是'你的没出息的、不值得注意的小弟弟'?你承认你自己没有出息?……就算承认自己没有出息吧,你知道应当在什么地方承认吗?在上帝面前,以及在智慧、美丽、自然面前,而不是在人面前。在人当中,你应当感到人的尊严。你当然不是坏蛋;你是正直的人。那么,要尊重你自己的正直;要知道没有一个正直的人是没有出息的。"

契诃夫早期作品中的那些人物没有一个是正直的,他们失去了做人的尊严。作者憎厌他们,因而嘲笑他们。这嘲笑是没有多大恶意的,声音爽朗,绝不是辛辣的讽刺,因为作者主要把这种现象看作个人的品质上的缺陷,他之所以嘲笑它,也只在于提起人们的注意,予以纠正罢了。

可是有些作品,如《一个文官的死》和《嫁妆》,却比较复杂,——显示了深刻的社会意义。

在《一个文官的死》里,一个小官打了一个喷嚏,唾星溅在大官身上;他吓得战战兢兢,一再地请罪,可是总不能放心,结果竟吓死了。

这件事荒唐可笑。怕大官,竟会怕得吓死,多么可笑。作者寥寥几笔,通过一两个特征,画出一副旧社会中所常见的奴相,它显然失去了做人的尊严,因而遭到了作者的嘲笑。

这件可笑的事却使人笑不畅快,甚至使人觉得可悲。社会地位的悬殊竟逼死了一个无辜的小官,这是严重的。作品里虽然没有提到,人们却会想到:这小官多半经常担心饭碗问题,经常要看上司的脸色。正是这种可怜的社会地位使他养成了奴隶性格,终于送了他的命。这个人物近似于从普希金起俄罗斯古典作品中常常出现的、可悲的"小人物"。作者怜惜他的遭际,在作品中透露了隐约的同情。

这篇小说造成了这样一种效果:人们看到这个性格的病态,引起鄙弃的心情,便笑了起来;转念想到这个性格的悲惨命运,又会感到辛酸。这种使人哭笑不得的效果引起人对现实生活的深深的思索,增添了作品的艺术魅力。这是契诃夫在表现生活时所惯用的一种方法。他善于在同一件事情里面挖掘它的同时并存的,却又截然相反的两面——可笑的一面和可悲的一面。通常,这两面是表里两面,表面可笑,骨子里却可悲,例如《万卡》和《苦恼》。作品在这里显出了深度:由可笑转入可悲的时候,正是事物的内在的社会意义透露出来的时候。在这类作品里,病态的性格已经不能完全归结于由个人负责的道德品质问题,而是一种有社会联系、有社会原因的东西了。作品在揭露小官死亡的悲惨意义时,隐隐透露了对社会结构所造成的人的不平等地位的不满。

《嫁妆》是契诃夫的另一类作品的开始。在这类作品中作者着重地反映了病态的生活方式。情节是简单的:一家人住在一所房子里,母女俩一辈子忙着为女儿做嫁妆,后来呢,女儿死了,母亲老了,嫁妆被叔叔偷去了。情节本身十分琐碎,看不出什么意义。几乎可以说,这里没有情节。

但是作品却通过了这家人和他们的生活方式,表现了一种生活以及这种生活的影响。表面看来,这是一种虽然琐碎,却不失为和平的、恬静的生活。但是这种生活的内容是怎样的呢?

当一个生客来访的时候,房主人的反应是:"惊恐和惊愕立刻换成尖细而快活的'啊'的一声喊。……

那'啊'的一声仿佛生出回音似的,从大厅到寝室,从寝室到厨房,一直到底下的地窖,一片声地响起这'啊'的声音来。"这情形引人发笑:只不过来了一位客人罢了,就这样大惊小怪。可是细细一想,这却又可悲:那一声"啊"道尽了这种生活的贫乏空洞!

这种贫乏是不得不然的,只要一看母女俩在怎样生活就明白了。做嫁妆是无可非难的,但是如果全部的生活内容只有做嫁妆,那就可笑了;同时这里也显出了这种生活的可悲:实际上她们自己也不知道自己在为什么生活着。她们是人,却过着跟动物一样的、没有目的、没有意义的生活。

而且,这种生活就连它那一点点贫乏的内容也显得十分混乱!

即使退一步说,做嫁妆也可以算做一种生活目的,可是生活偏偏来嘲弄她们,连这个目的也不让她们达到:嫁妆被人偷去了。叔叔偷去嫁妆,断送了姑娘出嫁的可能,但是叔叔并没有因此得着什么利益,他无心害人而害了人。剩下母亲和叔叔两个人,本来就够寂寞的了,但是他们偏又不能和睦地相处。两个人各怀着一腔痛苦,原该互相安慰才对,可是又无端成了冤家。

这种和平恬静的生活原来是那么空洞、没有意义、混乱,比监狱还不如,处处表明了是人所不能忍受的。在这种残酷的生活中,姑娘的憔悴和死亡就不是偶然的,而是必然的了。

篇首那段风景描写因而取得了特殊意义。它不只是作为这家人所住的房子的自然环境而出现在作品里。它还象征着美好和幸福(在契诃夫的作品里,这样的例子是很多的)。大自然是那样地蓬勃茂盛,人的生活却如此枯燥空洞,作者把它们对立起来,达到了批判那种生活的效果——那些住在大自然中的人"始终懵懵懂懂,看不见这种美景的存在","那所房子立在树木苍翠的人间天堂里……可是房子里面呢……唉!……夏天是闷得透不出气;冬天呢,热得跟土耳其的澡堂一样……"这片美景仿佛在说:人的生活也应该像大自然一样美丽丰富,而不该那么没有光彩。

不过,对这种生活应该负责的,主要的并不是母女俩,她们自己也不知道自己过的生活那么可怕,而且她们正是这种生活的牺牲者。首先应该负责的是旧社会,创造这种残酷的"日常生活"的就是它。作者用同情的笔墨描写了一个纯洁可爱的姑娘,她羞涩、谦虚,特别是在她对嫁妆的热心上,表明她是如何渴望过美好幸福的生活,可是她无辜地夭折了。在这同情里包含着作者对糟蹋人的旧社会的反感。在这一点上,《一个文官的死》和《嫁妆》是一样的。

契诃夫的早期作品虽然大多是揭露丑恶性格,而且凭着他对道德品质的关怀,畅快地讪笑了那些病态人物,可是从他在二十三岁时候所写的这两个作品看来,他已经很快地感到了这些东西的社会意义。尽管他对社会的理解还浅,他的早期作品还比不上后来的作品,可是有一点是确定的:作者通过这些丑恶的事物,看出了俄罗斯社会的破绽,对它生出了反感。从这里出发,作者稳定地走上了现实主义道路,逐渐克服了他早期的追求笑料的倾向。

这两个作品还标志着他的艺术才能的成长。

不论是小官或姑娘,也不论是打喷嚏或做嫁妆,都是平凡的人物、平凡的生活,但是在作者笔下,却变成重大的事物,显出了它们的重大的社会意义。在现实生活中,避开大喜剧和大悲剧,专门采取平凡的事物,把它们写成典型的、重大的事物,——成为契诃夫终生的艺术特点。

这两个篇幅短小的作品还表现了他的非常简练的概括才能。不论是生活或人物,他都是抓住主要的特征,往往只通过一些细节,用极少的笔墨把它们写得活生生的,具有内部的重大意义。这就使得他的短篇小说不仅避免臃肿和拖沓,变成了精炼紧凑的艺术品,而且包含丰富的思想性。

到十九世纪八十年代末,契诃夫对现实生活的认识加深，他的思想和艺术才能迅速地成长，作品的面貌便起了变化。

以《磨坊外》为例，表面看来，作者仍旧在暴露社会中的丑恶人物。作品描写了一个贪婪的磨坊主人。人物性格比以前复杂。他的贪婪表现为蛮横：把持河道，辱骂修士；也表现为卑鄙：吞没别人的面粉；更表现为冷酷：就连母亲和兄弟挨饥受寒，他也不放在心上。结尾，他预备给钱而又舍不得给的场面，在吝啬中显出了他的贪婪。

这个人物，以及这一类作品（如《安纽达》、《苦恼》、《猎人》等）中的丑恶人物，在灵魂肮脏这一点上，跟前期作品一致；此外却至少有两点不同：

第一，作品里的人物分成处在敌对的社会地位上的两种人：压迫者和被压迫者。如果早期作品《谜一般的性格》中的贪财的女人是因为她本人不知廉耻而可笑，那么磨坊主人除了可笑以外，更重要的是可恨：他在损害别人。丑恶人物开始以社会的恶势力代表的身份出现。这是符合现实的:实质上,丑恶性格大都是剥削性格。由于他们的罪恶的严重,早期作品中的爽朗笑声渐渐收敛,换来了冷峻的讽刺。作者谴责他们的时候,偏重在他们造成的灾难,不只是灵魂丑恶了。作者不只是在谴责道德堕落者,而主要是在谴责压迫者和奴役者了。

第二,值得注意的是他们不再能耀武扬威,任所欲为,他们的面前出现了对抗的力量——例如《磨坊外》里出现了老太婆和修士等。

不论从哪一点看,老太婆的形象正是磨坊主人的反面。他们不仅在社会地位上是敌对的,而且在精神品质上也是敌对的。磨坊主人冷酷,老太婆却对儿子充满无私的爱。他卑鄙,她却正直,并不因为爱儿子而徇私,反而严词斥责他的不义。他蛮横,她却讲理。他吝啬,老太婆却慷慨:那块香饼多么动人!各种美德给老太婆一种强大的精神力量:贫穷压不倒她,苦难不能挫败她!——在这一点上,她甚至跟《旧房》、《演员之死》中的小人物也有所不同,小人物固然不丑恶,但是也缺乏优点和力量。

契诃夫作品里开始出现全新的正面人物——就他们的地位来说,他们是被压迫者,劳动人民;其中特别多的是农民①。先前他还只是同情人民的苦难,这表现在他所描写的小人物身上;现在他进一步在歌颂人民的力量了。

正面人物的出现和作者的歌颂态度具有重大意义。这表明作者在现实生活里找到了支持他的社会力量,他从此跟人民建立了坚强的联系。这还表明作者认定他们是有前途的,从他们的身上看见了祖国的希望。

作品里正是这样表现的。

固然,在作品中压迫者仍旧在损害被压迫者。结局,压迫者仍旧胜利。但是作品中还把这两种人的精

---

① 契诃夫的祖父和父亲都是农奴出身。

神品质做了强烈对比,在这场比赛中正面的人物的光辉照出反面人物的丑恶猥琐,完全压倒了他们。在这里,美战胜了丑,读者感到了快意。读者的快意表示他喜爱正面人物,尊重他们,希望他们在现实生活中也胜利,希望丑恶人物消灭。必须这样,社会才会光明。

当时的现实生活却做出了正好相反的答案:丑战胜了美。这答案打击读者的愿望,窒息他的快意,因而使他产生沉重的抑郁感觉;另一方面,在前一种比赛中美既显出了力量,那么现实的答案就显得不合理、虚假、站不住;读者的沉郁的感觉就在这里找到出路,使他得出结论:"不能照这样下去!"——这结论意味着:现实必须改造,使应该消灭的丑恶事物必须消灭,应该发扬的美好事物必须生存。

作品在读者心中激起对丑恶现实的强烈憎恶,对美好前途的深切渴望,因而取得了客观的革命意义。从这一点看来,作者在表现生活的时候总是把握了俄罗斯社会应有的美好前途和当前的可怕现实之间的这一深刻的矛盾,才产生了积极的教育作用。因此,跟早期作品比较,这类作品虽然表面看来阴暗一点,思想内容却丰富多了,积极多了。

正是在这里,对契诃夫的理解有了分歧。

如果单看见契诃夫作品中暴露社会黑暗,刻画丑恶人物的这一面,就得出结论,认为契诃夫在社会黑暗面前吓倒了,发出悲观绝望的呻吟,那是不符合事实的。

先是社会有它黑暗的一面,作品里才出现了这种黑暗面的描写。如果契诃夫依照生活的本来面目反映它,没有依主观愿望歪曲它、窜改它,那正表现了作品的力量,而不是它的弱点。读者因此认识了现实生活,作品也因此获得了令人信服的艺术力量。"契诃夫的才能的可怕的力量就在于他从来不独出心裁地捏造什么。"高尔基批评道。

问题在于契诃夫是否因社会有黑暗面而对社会前途悲观绝望。既然作家总是通过人物的塑造来表明他对现实的态度,那就必须注意:正是在他比以前更深入更广泛地暴露黑暗的时候,作品里才开始出现正面人物——被摧残的人民的形象。这就说明他的眼前并不是一片漆黑,而是在黑暗中看见了光明。如果注意到他怎样把两种人物的精神力量做了鲜明对比,暗示了谁终将胜利,谁终将失败,那就必须说他对祖国和人民的前途是乐观的,有信心的。因此作者对腐朽社会的态度才能由温和的不满发展到严厉的谴责,他对被摧残的人民的态度才能由单纯同情他们的苦难,发展到赞美他们的美德和力量。

契诃夫的世界观中是有薄弱的部分的,他还没找到祖国前进的具体道路。这就使他更加关切祖国和人民的命运,在他反映社会黑暗的时候,在他反映人民的苦难的时候,流露了沉重的焦虑。重要的是这种焦虑是以乐观的信心为基础,是看见未来的光明远景、急于要达到那远景的焦虑。这跟眼前一片漆黑,看不见任何前途的呻吟是毫不相干的。因此,作品的调子中纵然有沉郁的成分,却并没使人觉得必须跟黑暗妥协,而是激起憎恶和希望,要求消灭黑暗,改革现实。

所有这些,也同样地表现在跟《嫁妆》相似的一类作品里,或者不妨说,表现得更鲜明些。

以《吻》为例,它通过一个低级军官的生活中的一件荒唐事,揭露了他所过的生活的病态。故事的情节,表面看来是毫无意义的:一个低级军官偶然在一个黑屋子里被一个不相识的姑娘错吻一下,从此便单恋那个姑娘,甚至痴迷不悟,最后发觉无法找到那个姑娘,才痛苦地断了念头。

作品从头到尾描写了许多细节,而那些细节仿佛彼此中间毫无关系,作者在随意地东涂一笔西画一笔似的。作品一开头写到军官们到乡绅家中去,那家人故意装得殷勤热闹,实际上却在冷淡地敷衍他们;作品随后写到军官们在军营中无非做些例行公事,后来军官们行军了,他们机械地奉命行动;到了露营地点,"日子一天天过去,这一天跟那一天简直差不多"。作品还写到司令官开玩笑,同营军官并不友好……

如果仔细一看,这些细节就包括了低级军官的社交生活、公务生活、行军生活、露营生活、跟上级的关系、跟同事的关系……总之,表现了军官的全部生活。那些细节经过了严格的精选,概括了生活的各个方面的特征,因而合成了一幅完整的图画。为要反映生活的整个面貌,作者创造了特殊的表现方法①。借了外部不相连贯,却有内在联系的细节,作者画出一群并非抱着什么理想,只是为了混口饭吃才从军的人在过着怎样一种无可奈何的鬼混生活,这生活的特点便是庸俗、无味、毫无意义。从琐碎到完整,作者表现了惊人的概括本领。托尔斯泰说:"契诃夫有他自己的风格,恰像印象主义者们所有的一样。你们看来,也许这位艺术家把随手拈来的颜色随便乱涂,这些光怪陆离的颜色,好像是毫不调和似的。但你们如果退后一点,再

---

① 在《嫁妆》里,作者是用三个很少变化、几乎雷同的场面画出了生活的面貌和特征。这也是他的特殊表现方法的例证。

仔细一看,那你就会得到一个惊人的完整印象;在你的面前,是那么生动的一幅图画,使你竟至看之不厌呢。"

这种生活如同一摊死水。如果人和动物的分别在于人有精神活动,那么这摊死水的罪恶就在于扑灭人的思想感情,窒息人的精神活动,促使人的精神死亡。人为了求生而走进这种生活,结果却在这生活里走向慢性的死亡——这就是这个生活的荒谬本质。作者在这里首先谴责的是创造这种生活的社会制度的荒谬,而不是低级军官里阿勃维奇。因为作品表明里阿勃维奇对这生活的可怕内容起初是一点也不理解的,他只是在随波逐流地过活着罢了。这种生活在旧社会里是相当普遍的,不能完全由他负责。

作者通过里阿勃维奇这个形象所要表达的,主要是受这种生活摧残的人的抗议。

这个低级军官原来是淹没在那摊死水中而不自知,可是忽然来了那一吻,于是痴迷地恋上了那个

打赌集

姑娘。

是因为他爱上了那个姑娘吗?但是他连姑娘的相貌都没看见,因此没有根据说他爱她。是因为他生出了浪漫的奇想吗?但是作品表明他很清醒,在那一吻之后他马上了解到这纯粹是出于误会,不可能有奇迹。

那一吻对他的影响却有那么大。"他想跳舞,谈话,跑进花园,大声地笑。"他认为他那死水一般的生活里来了"一件欢畅愉快的事",随后他幻想:"他谈话,跟她温存……想象着战争,离别,然后重逢,跟妻子儿女一块儿吃晚饭……"后来,"他由着性儿描摹她和他自己的幸福",最后他甚至想:"就算事情再糟也没有,他竟没有见到她的面吧,那么光是重走一遍那个黑房间,回想一下过去,在他也是一种快乐……"

原来那荒唐的、不足道的一吻,对他有这样严重的意义:唤醒他那被窒息的生机,挑起要求幸福的渴望。他睁开了眼睛,不甘心淹死在那摊死水里了。那一吻成为幸福的象征,跟他那不幸的生活构成强烈的对比,惊醒他的昏迷,召唤他,吸引他。实际上,他追求的,并不是那姑娘,而是幸福的生活。他想借着这一吻,跳出他那黑暗的生活,如同汪洋大海中的船夫忽然看见了灯塔一样,他怎能不痴迷,兴奋?

因此等到他的迷梦醒来,他才第一次看清他的生活内容:"他这才发觉他的生活非常贫乏,非常空洞,没有光彩……"

他发觉他没有能够跳出这种生活。旧有的生活重又回来了,这表现在那段风景描写里:"河水像在五月间那样奔流着……五月间,它流进大河,从大河流进海洋;然后它化成蒸汽,升腾上天,变成雨,也许如今在里阿勃维奇眼前流过的还是那点水吧。……"

但是他的眼睛既然睁开,他就再也不甘心过这生活。他对整个生活感到了憎恨和敌意:"整个世界,整个生活都好像是一个不能理解的、没目的的笑话。"于是他生出了一股怨气。

这怨气包含着对旧社会的抗议,对自由和幸福的迫切欲望。——这也曲折地表现在军官洛比特科的追求酒和女人，烦闷无聊的抱怨、捏造美丽的谎言上。

通过里阿勃维奇的形象，作者透露了这样的意思：如果那种残酷的"日常生活"代表了社会黑暗力量，那么普通俄罗斯人绝不是甘心受摧残的顺民；他们在沉重的压迫下仍旧顽强地保持着要求自由幸福的迫切欲望。这欲望是摇撼旧社会基础的一种力量。历史证明这种强大的精神力量到了一定的时机，就燃起熊熊的大火，烧毁了整个黑暗力量。

在这一点上，这个作品的思想性远远超过了《嫁妆》。作品把两种力量做了对比，指出矛盾，谴责了旧社会的腐朽黑暗，肯定了光明力量的萌芽。在肯定中隐隐传出这样的声音：虽然眼前黑暗压倒光明，可是光明终于会战胜黑暗。

不消说，前进道路和具体方式，这里是没有指出来的，然而作者的信心，对祖国和人民的幸福前途的信心，却是无可怀疑的。

契诃夫的后期作品显出了成熟时期的绚烂。

以前作品中虽然常写到农民,但是直到他在农村一连住了六年以后,才出现了反映俄罗斯农村生活的辉煌作品《农民》和《在峡谷里》。这两篇作品尖锐地揭露了农村中的阶级对立,一面是富农以穷凶极恶的剥削手段发家致富,一面是农民大众的贫穷和破产。俄罗斯农村在革命前夜呈现了腐朽、糜烂、接近崩溃的景象。

《在峡谷里》偏重在反映富农的生活,刻画了富农的形象和他们生活的整个面貌。这个生活的基础是剥削和犯罪:在商店里用次货充好货卖给农民;卖私酒灌醉农民,搜刮他们的最后一点财物;替他们收割庄稼的农民所得的工钱是假钱;就连替他们做衣服的穷缝工也不能幸免。

这个生活有它富裕的一面:住最好的房子,穿考究的衣服,一天喝六道茶,吃四顿饭,办喜事的排场十分豪华。

打赌集

这个生活又显得很有保障:官吏贪图他们的贿赂,包庇他们;宗教成为他们的工具,用来冲淡农民的仇恨。

如同在《吻》里一样,作品反映了一种生活的整个面貌和它的本质。值得注意的是,有一点却跟《吻》不同:作品不是截取这种生活的某一个时期的情形,构成一个静态的画面,而是更进一步反映了这生活的全部发展过程,有头有尾,有发展的各个阶段。

开初,这生活是兴旺的:儿子娶媳妇,父亲找填房,生意发财,生活优裕,家庭和睦。他们依靠犯罪的手段预备长久地过幸福生活,例如家长尽管轻蔑农民,剥削他们的时候残酷无情,但是"他爱他的家庭胜过爱地球上的任什么东西"。他认为可以靠犯罪来维系一个幸福家庭。

问题就在这里,他们的生活奠定在荒谬的基础上。一个农民说得好:"干他们那行生意,他们是不能不犯罪的。"依照生活规律,这生活的危机就不仅在于外部的打击,而首先在于内部的溃烂。这种生活首先培养了巧取豪夺的、狼的性格——富农的大儿子说:"毛病在于人们昧了良心。"这些狼不仅依靠"昧了良心"的手段去迫害农民,到了争权夺利的时候就不顾情面,在自家伙儿里造成内讧,终于毁掉他们自己。

因此,这种生活的进一步发展就露出了破绽。作品通过生活中的人的发展史来表现生活的发展史。

阿尼辛木明知道:"偷是谁都会的,可是要想保牢贼赃,那就是另一回事儿啰。"可是阶级生活培养出来的巧取豪夺的性格仍旧逼他去犯罪:用造假钱的手段来发财,这跟他家的生活基础是相合的。在这里,生活恶毒地嘲弄了他:他的职业是捉贼,他自己却做了贼。于是他被流放到西伯利亚去了。

儿媳妇阿克辛尼雅的狼的性格起初只表现在用犯罪的手段对待农民,但是到了争夺财产的时候,为了自己的利益,她就对家人也显出了狼的狰狞面目:向公婆大吵大闹,用开水浇死婴儿,不达到目的不止(这样的事情不是偶然的,作品中还有赫里明家的内讧)。作品里对这个人物出现了这样的描写:"活像一条蛇在春天从嫩嫩的黑麦田里钻出来,挺直身子,扬起脑袋,瞧着行人。"这个不成其为人的人的前途就只能是愈益发展狼的性格,大权独揽,用美色去勾引别人,达到发财目的,结果是过着荒淫无耻的生活,完全堕落了。

家长祝卜金的发展史最值得注意。这个人在剥削农民方面是残酷无情的;他为了赚钱而使用各种卑劣手段,例如别人偷了羊,他却得了羊皮。可是他对待家人却温和可亲,在分配财产上又显得正直。这是一个相当复杂的完整形象。他的生活理想是美满和睦的家庭生活,他以为这种幸福是可以建筑在别人的痛苦上的。起初他快乐而满足。但是生活的逻辑显示了力量:灾难首先在他的家庭里不断产生。他的理想破碎了,他的生活来到了转折点。他这才发觉他的生活理想和他的生活基础互不相容,美好的理想建筑在丑恶的基础上是办不到的。作品中所写的他分不出真钱和假钱、把真钱一律看做假钱的情节,具有象征的意义,表明他开始认识到他过去的"虚伪的生活"是错误的、不合真理的,因此他的理想注定了行不通。这是初步的觉醒。在这点上,他跟明知故犯的阿尼辛木不同,跟坚持到底的阿克辛尼雅尤其不同。但是值得注意的是,这觉醒并没有给他带来比他们更好的结局。他处在无法解决的进退两难的地位上:一方面,生活理想破灭了,他已经把以前认为是真钱的东西看做假钱,把以前所过的生活看做是虚伪的生活,要他再继续过那种生活,是不可能了;另一方面,要他从觉醒再往前走一步,改变思想感情,改变生活方式,重新做人,这在他那样出身、教养、年龄的人是不可想象的。他的面前没有一条出路,这终于逼得他精神失常,被冷酷无情的阿克辛尼雅赶出家门,流落为老乞丐。

通过这些人物的不同遭际,这种生活表现了它的最后一个阶段:众叛亲离、土崩瓦解。它的发展过程就是兴旺、溃烂、瓦解。富农生活的历史也就是富农的道德堕落、精神崩溃的历史。

顺便要提到一个有关祝卜金的问题。作品一方面暴露了这个人物在剥削生活中犯下的种种罪恶,显出了作者对他的憎恶和谴责;另一方面,作品在描写他受到灾难后的惨状的时候,显然流露了作者的怜惜感情。作者对这个人物的态度显得自相矛盾,他究竟是在肯定他,还是否定他?

说作者在肯定他,那是没有根据的。那么作者是否在基本上否定他,那怜惜只是作者的毫无原则的人道主义思想的表现呢?但是这样的人道主义,连作者自己都在《决斗》中通过沙莫伊连科的性格予以批判了。

必须注意,作品中不仅表现了祝卜金的罪行、后果,还指出了这个性格(或者,所有的富农性格)是怎样形成的。瓦尔瓦拉问:这个人怎么会心平气和地干伤天害理的事呢?阿尼辛木回答:"各人有各人的行业。"他进一步解释说:"我们打小没受过好教育,娃娃还偎着他娘的胸口吃奶的时候,就已经听到这样的一贯教训:'各人有各人的行业。'爸爸也不信上帝(上帝在这里象征真理和正义)。"如果祝卜金的罪行和后果是导源于他的罪恶的生活基础,那么他从小就认为剥削和犯罪是他的"行业"。因此他不能相信上帝,只能过"虚伪的生活"。契诃夫的唯物的观念就表现在他笔下的人物的心理活动和命运都是受环境制约的。作品指明:先有剥削阶级的环境和生活,才培养了阶级性格。作者的憎恶和谴责首先针对着的是阶级社会的剥削制度,而不是祝卜金个人。旧社会制度的罪恶不仅表现在它首先要为祝卜金的命运负责,还更进一步地表现在祝卜金纵然有初步觉醒,但是他也仍旧逃不掉毁灭。像阿克辛尼雅那样坚持到底,固然由人变成野兽,毁灭了;但是祝卜金何尝有更好的下场?正是在这种地方,作者沉重地谴责了腐朽的社会制度。

契诃夫曾经在一封信上说:"我认为顶顶神圣的东西,是人的身体、健康、智慧、才能、灵感、爱情、绝对的自由——不受暴力和虚伪影响的自由,不管暴力和虚伪用什么方式表现出来。如果我是一个大艺术家,这就是我所要奉行的纲领。"这是说契诃夫要求这样一种社会制度,在它的下面,人人能够得到正常的、全面的发展。在当时这个社会制度下,却没有一个人能够那样地发展:人民苦难深重,压迫者和奴役者也在走入绝路,就连本性不坏的瓦尔瓦拉一走进这种生活,也不能幸免,起初她的善心被利用来冲淡农民的仇恨,到后来在罪恶的空气中她那点善心也就泯灭,尽管丈夫流落街头,她却漠不关心,变成一座麻木的家庭机器,只管料理家务,长得又白又胖了。旧社会制度造成了俄罗斯民族的普遍灾难。契诃夫通过祝卜金这类形象所流露的怜惜,实际上,首先是针对着俄罗斯民族的。在这样的怜惜中包含着作者的深刻的人道主义思想和渴望祖国进步的爱国心情。

从这一类后期作品看来,契诃夫对旧社会的态度不仅仅是谴责,而是完全绝望了。作者晚年之所以写出《三年》、《女人的王国》、《在峡谷里》等暴露城乡资产阶级生活的没落崩溃的作品,目的在于补充以前的大量的反映人民苦难的作品,充分证明:在这个社会制度下所造成的是普遍的灾难,而不只是一部分人;在这种制度下,俄罗斯民族是没有出路的。这不仅说明它的荒谬和不合理,而且说明它已经完全失去存在的理由和可能。《出诊》里就明白地断定:剥削制度是一种"没法医治的痼疾"。这就是说,它是必死无疑的了。

另一方面,《在峡谷里》出现了一伙农民的形象,其中以丽巴最有光彩。这伙农民虽不是一家人,却自成一个集团,形成一种生活。他们和他们的生活也自有首尾一贯的发展过程。作品着重地表现了他们的劳动人民的本色。丽巴的可爱也正在于她是那么热爱劳动:"丈夫刚刚坐车走出院子,丽巴就变了样,忽然高兴起来。她换一条旧裙子,光着脚,把袖子卷到肩膀上去,擦洗门道里的楼梯,用银铃样的尖嗓子唱歌;她提着一大桶脏水走出去,抬头看太阳,露出她那孩子气的笑容,这时候她仿佛就是一只百灵一样。"连她的外貌都显出这个特征:由于长期劳动而形成的"那双男性的大手"。叶里萨洛夫的有趣的、三句话不离本行的习惯显然也是在劳动中养成的。他们生活在巩固的基础上——劳动。他们过的是"真实的生活"。

只有劳动才能创造美德,或者,如叶里萨洛夫所说:"凡是工作的人……才是上流人。"跟那些富农相反,他们都纯洁、正直。他们的相互关系绝不是像富农那样明争暗斗、残酷无情,而是友爱团结。叶里萨洛夫见着那些做工的女孩子,总是一片欢笑。丽巴死了儿子,满心哀伤的时候,就连不相识的农民也安慰她、勉励她。他们处在被压迫的地位上,但是他们绝不是驯顺的奴隶,而是对压迫者存着不能调和的仇恨:"你们在吸我们的血,你们这群强盗;叫你们遭了瘟才好!"

他们生活的最初阶段的共同特色是受尽磨难。丽巴的母亲受人欺侮,丽巴自己的心疼的孩子死于非命。但是他们不像祝卜金那样脆弱,而是有旺盛的生命力。

跟丽巴夜半相遇的老农民述说了他那苦难深重的一生后,结论却是:"眼下我却还不想死,我想再活上二十年呢;这样说来,还是好日子多,我们的俄罗斯母亲好伟大哟!"

他们的生活的发展过程就是他们在各种考验中磨练得越来越坚强的过程。丽巴嫁到富农家庭去后,始终蔑视他们的奢华生活,表现了富贵不能淫的精神力量。她始终渴望恢复劳动人民的生活,就连生出儿子来,也对他说:"你啊,将来会长得大极了,大极了。那你就会做农民,咱们一块儿出去打短工。"对她来说,富农家庭的充满罪恶的空气是一种折磨。可是罪恶空气不能玷污她,这是跟瓦尔瓦拉不同的。那空气越是浓重,她那坚持真理的精神越是高扬:"不管罪恶有多么强大,可是夜晚恬静而美丽,而且在上帝的世界里,现在有,将来也会有,同样恬静美丽的正义;人间万物,一心在等着正义来把它们融成一体,就跟月光和黑夜相互融合一样。"这种对未来的美好生活的渴望和信心,尽管表面看来是温和的,却表达了被压迫人民不容腐朽社会长久存在的呼声。

这些立于不败之地的人既然证明了有强大的精神力量,为任何困苦所不能挫败,那他们的前途除了是蒸蒸日上以外,还能是什么?丽巴被赶出富农家庭以后,并没有垂头丧气。她一回到自家人当中,恢复了劳动生活,就好像换了个人似的,变得活泼愉快,生气蓬勃:"村妇和村姑成群结队地从火车站回来,她们已经在那儿把砖装进车厢了;她们的鼻子,她们眼睛底下的皮肤,布满了红色的砖末。她们在唱歌。领头走着的是丽巴,她的眼珠翻上去,望着天空,她用高亢的嗓音唱着,唱啊唱的,转成了颤音,仿佛在高兴:白天总算过去了,休息的时候来了。"

跟以前的作品中的正面人物比较,这些形象更鲜明、更饱满。而且,作品不仅刻画他们的性格,还写出了他们以及他们的生活的现在、过去和未来,显示了他们的光明前途。

所有这些,都不是偶然的。六年的农村生活经验使作者对劳动以及劳动人民获得深刻的理解。时代也正在大踏步前进,在发表这篇作品(一九〇〇年)的前后,正值俄罗斯第一次革命的前夜,风暴已经掀起来:工人罢工,学生罢课,农民起义。契诃夫对朋友说:"人民中间已有伟大的骚动……俄国正像蜂房一样的闹哄哄的,民众是有多大的信心和力量啊……"契诃夫跟当时的革命运动没有直接的联系,因此这个运动的具体内容和具体方式,他都不能理解,但是革命的目的和后果他却是感到的。他在给高尔基的信上说:"我知道得很少,几乎什么也不知道……不过,预感却很多。"他预感到他所渴望的祖国和人民的美好前途越来越近。他的心里已经有了底。

因此,作品里,两种社会力量构成了鲜明的对比。旧力量在土崩瓦解地垮下去,新力量却在不可抗拒地发展起来。它们的发展前途已经确定。这样,故事结尾的场面就有深刻的意义。农民丽巴用麦饼周济富农祝卜金。这是讽刺,但是这讽刺显示了谁存谁亡的前途。

这不是廉价的光明尾巴,而是现实主义,因为它有现实生活做根据。但是它又是浪漫主义的,因为这是根据现实生活的趋向所做的合乎逻辑的推测。

这个作品,以及类似的别的晚年作品如《套中人》、《新娘》等,显出了契诃夫作品前所未有的鲜明政治倾向:帮助新力量成长,促使旧力量灭亡,作品送出了鼓舞前进的气息。以前的沉郁气息一扫而空了。

作者的思想发展到了高峰:一方面,他对旧社会宣判了死刑;一方面,他跟人民在一起满怀信心地迎接光明的未来。

(载《文艺报》一九五四年第十三期)

契诃夫的爱国主义思想

汝 龙

安东·契诃夫(1860—1904)是十九世纪末俄罗斯的杰出的民主主义作家。在他自编的全集里留下来二百多个短篇小说和中篇小说,十几个剧本。

他生在俄罗斯南部的一个小城塔甘罗格。祖父原是农奴,积蓄了钱赎得一家人的自由。父亲在城里开一个小小的杂货店。论出身,他是平民。

在他十六岁那年,父亲的杂货店破产关门了。他年纪那么轻,就得独立谋生,对付着念完中学;此后又靠稿费读完大学的医科,再后就担负了一家七口的生计。

像契诃夫这样的人在穷困中,在谋生的奋斗中,对社会上的丑事和人的坏性格是看得分外清楚的。他自己就在旧社会那种贪财爱势的空气中受过不少肮脏气。

他生活的那个时代正是俄罗斯旧社会腐朽到顶的时代。有人把那个社会的阴暗面比做"死水湖",丑事和坏性格是到处都有的。

他在十九岁那年从事写作,一开笔就把讽刺的矛头对准了那些坏人坏事。

这位青年作家写了些多么引人发笑的作品!一个瘦子碰见一个胖子,原来是多年不见的老朋友,正在亲热交谈,忽然听说胖子做了大官,立刻就换了一副可笑的媚相(《胖子和瘦子》);一个漂亮女人做出纯洁高尚的样子,骨子里却是个贪财卖身的俗物(《谜一般的性格》)……

这些人物之所以丑得引人发笑,是因为他们的品德差。契诃夫在篇幅短小的作品里把他们的原来面目活生生地写出来,就存着在道德观点上批判他们的意思。

契诃夫终生热爱纯洁的道德,憎恨丑恶。他在二十六岁那年写给哥哥的一封信上,开列了八项做人的标准:不强横、不自私、不贪婪、不虚伪、不软弱、不爬高、不懒惰、不卑鄙。

年轻的作者还看不出来不道德的性格是怎样产生的,它跟社会上的哪些事物联系,怎样才能消灭它;但是有一点是肯定的:他从这种丑恶现象看出了俄罗斯旧社会的破绽,发现了这个社会有问题。

这就引起了作者对祖国的关心。

等到他年纪渐渐大起来,生活经验渐渐丰富了,他就看出来丑恶性格还不只是个人的品德问题。

在《猎人》、《安纽达》、《苦恼》等作品里,一心爬高的猎人、卑鄙自私的大学生、冷酷淡漠的"上流"乘客们都是品德差的人,可是他们不再引人发笑,却引人憎恶:他们在欺压善良的人。

在三十岁以前,契诃夫写了百把篇优秀的短篇小说,在那里面他带着憎恨揭发专横、贪婪、虚荣、懒惰等坏性格。显然,作者已经看出来这是严重的社会问题。

他还看见善良的人不仅在这种丑恶性格下面受苦,还在别的方面受苦。《万卡》、《古塞夫》、《食客》、《演员之死》等作品写了贫穷、高压、奴役在怎样摧残人民,逼得他们活不下去。

作者还写了一些表面可笑,骨子里却悲惨的作品。《巫婆》、《邮件》、《吻》等写了胡乱调情、性情乖戾、痴迷不悟等荒唐可笑的事情。可是看看他们所过的生活吧:为了吃一口饭,《巫婆》中的夫妇只好住在沙漠上;《邮件》里的邮差,不能不天天晚上赶邮车,摸夜路;《吻》里的军官必须像架机器那样行军,检阅。只有没知觉没感情的动物才受得了这种毫无意义、枯燥无味的生活。调情也好,乖戾也好,痴迷也好,都是阶级社会逼迫他们干出来的事。

所有这些作品,尽管写的是平凡人物和平凡生活,却深刻地揭露了阶级社会的本质,压迫和剥削的罪恶。

这些作品教育人民憎恨旧社会的黑暗。

作者是怀着深厚的爱国心情写这些作品的。他之所以恨旧社会的黑暗,是因为它妨碍祖国进步,它使人民受难。他希望祖国社会一片光明,人民过幸福的生活。

有人说契诃夫老是写灰色人物、灰色生活,可见他的心情灰色。

这就好比说:医生老是看病,所以医生的心情病态。

契诃夫并没有对祖国和人民的前途灰心,因为他在现实生活里,不但看见了黑暗,也看见了光明。

在那些反映社会黑暗的作品里,我们只要留神,就不单看见否定人物,还看见了肯定人物——被压迫摧残的人民。作者在写到他们的时候,笔端流露了多少热爱!

在《猎人》、《苦恼》、《磨坊外》、《艺术》、《教师》等一系列作品里,充满着劳动人民纯洁、正直、善良、满腔无私的爱情、勤劳、创造性的才能等美德。凡是契诃夫所珍爱的美德,他在上层社会里没有找到,却在劳动人民身上找到了。

这些人物又都坚强有力。他们的美德非但能抵制恶势力的侵蚀,而且在受到打击的时候,那种美德不是屈服,而是坚持下去。他们有着多么宏伟的精神力量!

他们富于正义感,即使是他们所爱的人,如果做出不公正、不合理的事,他们也绝不留情(如《猎人》、《磨坊外》等),那么这个不公正、不合理的社会,他们当然不会容它长久存在。

他们在受压迫,受摧残。可是他们怀着强烈的、要求自由幸福的渴望。《万卡》一心要跳出火坑,《古塞夫》中的病兵到死都在盼望幸福的生活。他们总有一天要站起来的。

想想看:他们的美德、他们的力量、他们的正义感、他们的渴望,合在一起,一旦爆发起来,契诃夫所盼望的祖国光明前途不是就有了保证吗?

契诃夫的爱国思想正是以热爱人民为基础的。他对祖国光明前途的信心有了现实的根据,因此那信心是巩固的。

当然,他思想上有一定的限制,他还看不出通到光明未来的那条具体道路。但是这是他思想中的次要一面,而且它只能引起他的焦虑,使他急于寻求真理,找到那条道路。

没过多少年,特别是在十九世纪九十年代末和二十世纪初,俄罗斯社会已经出现了革命前夜的风暴:工人罢工、农民起义、学生罢课。敏锐的契诃夫预感到旧社会不可避免地要崩溃,光明社会要来了。

契诃夫得到鼓舞,心情开朗了。

他的爱国思想就推动他在作品中带着更强烈的进攻气息批判腐朽社会,带着更浓重的渴慕情绪召唤光明社会。

契诃夫在三十岁后到农村里住过六年。他的杰作《农民》和《在峡谷里》无比真实地揭露了农村的真相:

一方面农民被压迫、被剥削,贫穷破产,离乡背井;一方面是乡村地主阶级倚靠剥削和欺诈,过着穷奢极侈的生活,腐败堕落,自相残杀。《佩彻涅格人》、《醋栗》等刻画了地主的野蛮粗鄙和贪婪横暴。

他在《三年》、《女人的王国》、《出诊》里除了写到工人的痛苦生活以外,还着重暴露了城市资产阶级生活内部的腐朽和崩溃。

在《出诊》里,他对旧社会的剥削制度无异于宣判了死刑:"不可医治的痼疾。"

另一方面,他的六年农村生活经验使他对劳动人民的理解更进一步:劳动人民的美德、正义感、力量是在劳动中产生的。这就出现了《在峡谷里》的丽巴那样的光辉形象。

"劳动"成为许多作品中常提到的题目。《三年》中说:"不做事,就没有纯洁幸福的生活。"而在《妻子》中,甚至发展到:生活的意义就在于有益于社会的、忘我的劳动。

对劳动人民建立新社会的信心,他有了充分的根据。作品里便屡次写到未来社会的光明远景的轮廓。《带阁楼的房子》里说:

> 要是我们全体,城里人和乡下人,没有一个例外,统统商量妥当,由大家平均担负人类用来满足生理需要的那种劳动,那我们每个人也许一天只要工作两三个钟头就行了……有多少空闲时间会留给我们支配啊!我们就共同把我们的闲暇献给科学和艺术。

《新娘》里更具体勾出了那个远景的美丽画面:

> 到那时候,这儿就会有高大漂亮的房子,美妙的花园,神奇的喷泉,不平常的人。

这个理想的特点是普遍的劳动,坚决消灭剥削制度。《我的一生》里说得明白:"强者不该奴役弱者,也不该容许少数人依靠多数人过活;更不容许少数人老是对多数人敲骨吸髓。"另一个特点是依靠劳动,创造美满的物质生活和"不平常的人",即纯洁幸福的、研究"科学与艺术"因而有高度文化和教养的人。在性质上,这个新社会恰好是旧社会的反面。

到这里,契诃夫彻底否定了旧社会,完全肯定了新社会,他的爱国思想发展到了高峰。

晚期作品中的受压迫的人物不甘于受压迫,甚至也不能满足于渴望解放,而是要采取行动。《文学教师》、《大沃洛嘉和小沃洛嘉》、《带小狗的女人》、《匿名氏故事》里的主人公,有的发出要跳出地狱的绝叫,有的悽悽惶惶坐卧不安,有的做出准备冲出去的姿势,有的是冲不出去也要冲。他们表现了俄罗斯革命前夜的时代精神。到最后一篇小说《新娘》里出现了觉悟青年的灿烂形象:纯洁、正直、坚决、勇敢,受到真理的感召,摆脱旧生活,欢天喜地地向那辉煌美丽的未来迎上去;同时她四周的旧生活在土崩瓦解地滚下坡去。契诃夫为旧社会敲起了丧钟,向新社会伸出了热烈欢迎的手。

令人叹惜的是，正在步步发展的契诃夫却在四十四岁的中年就为肺结核夺去了生命。第二年，俄罗斯就爆发了第一次革命。

但是五十年后读着他的作品，我们仍旧能感到他那充满爱国热情的心的跳动。无疑的，他之所以成为世界人民的朋友，这是一个主要原因。

（载《新观察》一九五四年第十三期）

识别上方二维码
免费收听契诃夫小说精彩片段